Enquanto **Petrônio** morre

COLEÇÃO PLACERE | VOL. 3

Flávio Braga
Enquanto **Petrônio** morre

CIP-Brasil. Catalogação-na-fonte
Sindicato Nacional dos Editores de Livros, RJ.

B793e Braga, Flávio, 1953-
Enquanto Petrônio morre/Flávio Braga. – Rio de
Janeiro: Best*Seller*, 2008.
. – (Placere)

Baseado em: Satiricon/Petrônio
ISBN 978-85-7684-250-7

1. Petrônio – Fição. 2. Bandidos e salteadores na li-
teratura. Novela brasileira. I. Título. II. Série.

08-0849
CDD – 869.93
CDU – 821.134.3 (81)-3

Título original
ENQUANTO PETRÔNIO MORRE
Copyright © 2006 Flávio Braga

Projeto gráfico de miolo e capa: Laboratório Secreto
Editoração eletrônica: DFL

Todos os direitos reservados. Proibida a reprodução,
no todo ou em parte, sem autorização prévia por escrito da editora,
sejam quais forem os meios empregados.

Direitos exclusivos de publicação em língua portuguesa para o Brasil
adquiridos pela
EDITORA BEST SELLER LTDA.
Rua Argentina, 171, parte, São Cristóvão
Rio de Janeiro, RJ — CEP 20921-380

Impresso no Brasil
ISBN 978-85-7684-250-7

Introdução

Petrônio, assim como Cervantes e muitos outros gênios literários, foi um crítico demolidor dos livros românticos e melosos de seu tempo. Sua única obra, o romance *Satíricon*, que não chegou íntegro aos nossos dias, é sobre a trajetória de dois vagabundos romanos no primeiro século de nossa era. Nos dias de hoje seriam micheteiros que rondam pelas boates gays das grandes cidades, além de ladrões, falsários e tudo o mais de sórdido que acompanha esse gênero de vida. Então, por que *Satíricon* é um dos mais importantes livros da antiguidade clássica? Ora, porque narra com realismo acontecimentos do dia-a-dia da plebe, mas não só. Petrônio escreveu em prosa moderna. O livro poderia ser escrito hoje, tal a clareza e objetividade do texto. Não podemos nos esquecer de que tudo era versificado naqueles dias e muito depois, pelo menos até o século XVIII.

Ainda sem um deus castrador, que só assumiria o poder na Idade Média, Roma gozava de uma liberalidade, que embora não fosse justa era real. Mulheres e escravos muitas vezes eram forçados a se submeter aos desejos dos patriarcas, mas havia mais liberdade para o homossexualismo, embora menos do que na Grécia, e na intimidade quase tudo era permitido. As casas de banho eram espaços bastante democráticos e as mulheres mais livres eram as heteras, uma espécie de prostituta de luxo.

Uma das causas principais desse comportamento era, justamente, a religião politeísta. Sendo os deuses meio humanos, com ações baseadas no amor e no ódio, por exemplo, serviam de modelo aos humanos que não viviam sob o tacão de um moralismo imposto.

Petrônio era da elite romana, diplomata e governador da Bitínia, atual Turquia. Viveu entre 14 a.C e 66 d.C. Mas essas datas são muito discutíveis e contestadas por historiadores de diferentes correntes. O texto permite notar a ampla visão que o autor tinha de seu tempo, descrevendo aspectos do dia-a-dia que outros escritores preferem esquecer, como se a vida fosse criada e vivida somente por pessoas superiores.

A novela que desenvolvi não procura imitar o estilo de Petrônio, nem traçar um perfil dele no momento de sua morte, mas apenas utilizar-se de sua ambientação histórica numa recriação literária. Recomendo ao leitor que ainda não leu a conhecer *Satíricon*. Vale como informação e diversão.

* * *

Meu verdadeiro nome é Percênio, mas se quiseres alguma coisa de mim, pergunte por Heliodoro. É como os clientes me conhecem. Embora eu não queira te vender nada. Foi o simples hábito que conduziu a ressalva. Escrevo para marcar minha passagem pela Terra? Um testemunho? Não sei. Aguardo a ajuda dos deuses, ou pelo menos de alguns deles, de Circe e de Príapo, com certeza, para que possa ser fiel aos fatos. Estou ciente de que as palavras sobrevivem aos homens, embora dificilmente garantam a sobrevivência física deles. Eu, pessoalmente, só ganhei o meu pão com a venda dos corpos. Só a satisfação sensual possui valor nesse mundo em que me foi dado viver. Algum sêmen, derramado sobre um corpo belo, comove mais que poemas e filosofias e se consegue mais por ele. Isso não deve fazer-nos menos idealistas. Eu, por exemplo, me rendi às palavras por conta de meu negócio envolvendo sêmen, vulvas e cus. Uso essas expressões sem intenção de chocar, mas para deixar claro do que se trata. Minha vocação se manifestou durante um acampamento de verão, nas legiões romanas. Eu era soldado e observava a falta que fazia aos homens alguma satisfação da carne. Pude discernir entre meus companheiros aquele de olhar guloso para com os demais e o incentivei a deixar-se negociar. Passei a vender aos legionários o prazer de estar com ele. Tudo era feito na máxima discrição, como é fundamental ao negócio, mas ainda assim os línguas-de-trapo nos entregaram ao comandante. Não os incomodava o comércio em si, mas o moral da tropa. Um soldado vendendo o prazer a outro era um perigo ante a idéia que eles fazem de si mesmos: machos guerreiros. Tudo preconceito, mas fomos, eu e meu prostituto, condenados à cruz. Tivemos sorte. A data da execução coincidiu com a mudança de acampamento para a fronteira mais ao norte. Quatro legionários estavam encarregados de cumprir a pena, após a legião partir. Auxiliado pela sorte ou talvez por Circe, que me protege, ocorreu que um dos soldados designados para a tarefa havia usufruído de Júlio, por dois asses a hora. Assim se chamava meu parceiro e amigo, que lhe fora inesquecível. Júlio, ao desnudar-se para a crucificação, deixou-se apalpar. Aproveitei a oportunidade e ofereci dinheiro e prazer aos quatro, em troca de nossa liberdade. Argumentaram que poderiam obter o dinheiro sem descumprir o dever, uma vez que logo estaríamos mortos. Contra-argumentei. Minhas economias estavam escondidas entre as árvores, em algum lugar, talvez sob uma pedra... Enfim, conto isso para demonstrar minha vocação. Os quatro serviram-se do corpo de Júlio e levaram nossos quinhentos asses, mas escapamos vivos. Após uma viagem a pé que quase nos matou, chegamos a Roma, cinco dias depois, esfomeados e falidos.

* * *

Registrado como morto, sem honra nem profissão, na companhia de Júlio, que se encontrava na mesma situação, eu era um jovem sem futuro. Meu pai desapareceu na campanha de Tessálica e minha pobre mãe sucumbiu de um mal estranho, que escureceu sua pele e a levou à cova. Júlio era odiado pelos familiares e só conseguiu entrar para as fileiras legionárias auxiliado por um tio a quem ofereceu favores na cama. Mas continuamos a explorar o único negócio que conhecíamos e que tinha dado quase certo. Tentei vender o corpo de Júlio nas casas de banho. Ele, aos 20 anos, era até bonito, embora magro e lanhado pelas chibatadas que o comandante lhe mandara aplicar, antes de condenar-nos à crucificação. Um velho comerciante aceitou recolher-nos a sua casa. Ofereceu-nos dez asses e comida. Vivia só com uma escrava e uma liberta, também idosa. A menina, de pele escura, não se comunicava com palavras, embora não fosse muda. Argemiro, o nosso primeiro cliente da nova fase, não sabia qual a origem dela. Mas algo me atraía na pequena escrava. Enquanto Júlio divertia o velho em brincadeiras sem conseqüência maior, uma vez que Argemiro era impotente e Júlio só sentia prazer ao ser invadido, me aproximei de Apicula. Esse era o apelido da escrava. Inicialmente forcei-a a manter relações comigo. Descobri ser quase virgem. A vulva longa e de pêlos crespos, estranha, apresentava um tipo de beleza que intuía poder. Seus músculos eram fortes e a massa geral do corpo assemelhava-se à de um homem jovem. Ela poderia passar por um adolescente macho, tipo que era muito procurado entre cidadãos de meia-idade. Havia o problema da fala a ser superado. Apicula se habituou a mim, após a segunda noite que dormimos juntos. Ensinei-a a dar prazer aos homens, a agarrar e manipular o orgulho que meus clientes levam entre as pernas. Aos poucos fui adestrando Apicula para atender aos pagantes, como se ensina um animal a trabalhar no circo, antes do espetáculo dos gladiadores. A intimidade de Júlio e Argemiro, cada dia maior, me dava tempo para esse trabalho difícil. Era preciso testar os resultados. Em noite que meu amigo e nosso hospedeiro haviam se embriagado e dormiam, abraçados e roncando, amealhei um homem na casa de banhos. Induzi-o a experimentar a carne de Apicula por apenas dez asses. Ele aceitou vir à casa de Argemiro também sensibilizado pelo vinho. A minha nova mercadoria aguardava em meu leito sob uma escada estreita. Eu só não contava que a velha liberta resolvesse intervir. Quando forcei a entrada ela correu para o quarto, resmungando que informaria Argemiro sobre a presença de um estranho na casa. Acomodei o homem sobre Apicula, que o aguardava de olhos bem abertos, e corri a impedir a liberta de estragar tudo. Ela sacudia o velho e a agarrei pela cintura. Amarrei-a junto a uma viga e, enfiando um trapo em sua boca, evitei seus gritos. Logo pude ouvir os resultados de meus ensinamentos. Os gemidos do homem, apalpado nos lugares certos pelos dedos treinados da escrava, me deram a certeza de que seria uma prostituta competente. O cliente se foi, relaxado e feliz, deixando as dez moedas em pagamento. Felicitei Apicula e corri para desamarrar a liberta. A sorte me traíra. A respiração nasal sufocara a velha até a morte. Seu corpo jazia, expelindo líquidos fétidos, amarrado à viga.

* * *

Júlio resistia a acordar, mas o encharquei com água fria, e ordenei que Apicula juntasse suas coisas para sumirmos, mas consciente de que a fuga nos incriminaria como criminosos. Acumular a acusação de ladrões não constituiria um acréscimo importante, julguei eu, e tratei de revistar a casa. Aumentei nosso patrimônio em duzentos asses. Sendo minha a maioria das iniciativas, combinamos que nos locais em que buscássemos acolhida nos apresentaríamos como patrão, criado e escrava. Por segurança resolvemos sair, temporariamente, de Roma. Caminhamos um dia e uma noite até Eléia. Ora, em cidade de navegadores, à beira do mar Tirreno, importava, e muito, uma história na ponta da língua, como motivo de estar ali. Tomamos quarto numa pousada juntos, dividindo dois leitos estreitos que ajuntamos. Apicula dormia entre nós. Na manhã seguinte à nossa chegada acordei cedo e fui sondar o ambiente. Com o dono do albergue comentei meu interesse em adquirir terras no local, para abrir um negócio. Disse-o de forma segura e o homem demonstrou acreditar em minhas intenções, mas logo quis detalhes de minha iniciativa. Temia, talvez, que eu me tornasse seu concorrente no ramo de hospedaria. Informei, sem muita precisão, meu desejo em montar casa de espetáculos e diversões em geral. Concordou, num vago gesto de cabeça. Gastei a manhã caminhando nos arredores entre homens envolvidos com as embarcações, lixando cascos gretados por moluscos, redes tomadas por algas malcheirosas, sargaços. Homens rudes e pobres dos quais seria difícil arrancar dez asses. Temi por nossa sorte. Mas minha esperança em encontrar homens de posse, dispostos a pagar por minhas mercadorias, era a de que, talvez, dormissem àquela hora. Surpreendi-me ao retornar ao quarto. Júlio, encaixado em Apicula, a cavalgava, macho cobrindo sua fêmea. Pus-me a rir, sem intenção de deboche, mas surpreso.

— Ora, vá procurar o que fazer, e deixa-nos em paz — protestou.

— São cinqüenta asses a hora com nossa jovem.

A troca de palavras o fez perder a atenção e saiu de dentro dela. Apicula mantinha sua neutra expressão de sempre.

— Tu a usas todas as noites para teu prazer. Eu também tenho direito.

— Nem sabia que gostavas de mulher, caro amigo... Mas fique à vontade.

Júlio já estava sentado na cama.

— Tu a tratas como mercadoria.

— E como deveria tratá-la?

— Ela é uma pessoa doce, tão infeliz como nós.

Olhei para Apicula. Não entendia que falávamos dela? Quem seria? Em que aldeia fora seqüestrada? Por quantos donos passara antes de servir a um velho e se tornar prostituta por minhas mãos?

— Ela é mais feliz agora. Trabalhará menos e comerá melhor. Ainda encontra em ti um amante dedicado e um defensor — falei, debochando dele.

— Te achas muito esperto, Percênio, por manipulares a sorte alheia, mas lembra-te que vivemos sob a mira dos deuses.

— Querido Júlio, não te esqueças de que se não fosse por minha sagacidade apodrecerias na cruz, e comido pelos abutres.

— É, mas quem recebeu aqueles legionários no cu fui eu.

— A cada um conforme suas possibilidades — respondi, e, me aproximando de Apicula, abri os lábios de sua vulva. — Por falar nisso, não lançaste tua semente aqui, não é?

— Não sou bronco, ela possui um cu de menino... Uma doçura...

— É. Não vamos emprenhá-la que pode perecer na limpeza... É preciso avisar aos clientes.

— E há clientes nesse buraco perdido?

— Para o prazer sempre haverá quem pague alguma coisa.

Ao dizer aquilo, olhei-os. Meus mantimentos para vender aos sentidos sedentos.

* * *

Na tarde daquele mesmo dia resolvemos fazer uma encenação. Seguimos, os três, em direção aos banhos públicos. Apicula vestida como rapaz. Júlio, envolvido num manto curto, revelava parte de suas coxas e sugeria a firmeza de suas nádegas. Nossa presença acirrou os ânimos. Alguns jovens troçavam entre si, trocando agressões e risadas. Na piscina, um grupo de homens mais sérios conversava, água pela cintura. Além, sentados nos bancos de pedra, aqueles que me pareciam nossos clientes ideais: os velhos. Não tão passados que não mais desejassem carinhos obscenos. Aproximei-me e os saudei, amigável, e sem qualquer rodeio perguntei se havia um prostíbulo na localidade. Dois dos três riram.

— Só posso aceitar uma indagação como essa vinda de estrangeiro! — exclamou o mais sério deles.

— Isso porque os aqui moradores bem conhecem o caminho? — retruquei sorrindo e os demais riram também. — Mas não me leves a mal, cidadão... Com quem trato?

— Aécio, estrangeiro. E tu? Como podes ser chamado? — Sua voz traduzia agressividade. Sentia-se ridículo diante dos amigos.

— Podem me chamar de Heliodoro. Não tomes como insulto minha sugestão de que a cidade tenha o seu local de prazer. Roma possui dezenas deles. E...

— Roma possui a guarda, que controla os trapaceiros e crucifica os ladrões que freqüentam esses ambientes.

— Nem sempre. Hoje o mundo do prazer se desenvolveu. Casas de prostituição podem ser locais perfeitamente seguros, onde um cidadão passa algumas horas agradáveis antes do retorno ao lar.

— Pode ser verdade, Heliodoro — apartou um dos outros —, mas aqui ainda vivemos o marasmo do interior.

— Perfeitamente, cidadão. Seu nome?

— Sou Ariosto e não vejo mal em freqüentar um lugar do tipo...

— Por favor, Ariosto. Nossos momentos estão apenas na memória — interpôs Aécio.

— Fala por ti, eu ainda sou capaz de erguer meu falcão em direção à pomba!

— Deixa pela conta de um urubu, Ariosto — debochou o terceiro, que até então só ria. — Estás mais para caçador de carne morta...

Todos gargalharam, menos Aécio, que era um tanto ríspido.

— Só me falta saber teu nome, para conhecer os novos amigos — aproveitei para dizer.

— Chama-me de Antônio, e não tenho mais falcão a ressuscitar faz anos.

— Fala por ti — retrucou Ariosto.

— Ora, não me venhas, com imposturas — Ariosto as apartou Aécio, novamente.

— Mas a verdade é que não temos aonde indicar que vá, Heliodoro — falou Antônio, agora sério.

— Pois tenho novidades — falei, resolvido a ousar, mesmo contra todas as perspectivas negativas. — Estou aqui para estudar a abertura de uma casa de prazeres...

Olharam-me e entre si trocaram sorrisos surpresos.

— Creiam, é verdade. Os meus novos amigos me incentivariam a continuar?

* * *

Algumas horas depois, estávamos todos um tanto embriagados. Aécio retirou-se resmungando e Antônio dormitava sobre o banco. Ariosto mantinha a conversa, animado, como se propusera em sua autodefinição. Eu apresentara Júlio e Apicula, embora a rapariga não houvesse dito nada. Estávamos todos despidos, menos ela, ainda embrulhada no manto.

— Então, Ariosto, queres ressuscitar teu falcão esta noite?

— O teu bordel está em funcionamento?

— Pleno — eu disse.

— É mesmo. Onde?

— Aqui perto, Ariosto. Bem próximo. Por cinqüenta asses, a diversão está perto...

— Não serei assaltado por teu grupo, não é?

— Tens a minha palavra — falei, como se assaltantes as possuíssem.

Saímos para a rua deserta e caminhamos para a zona do cais. A lua gravava um sulco de luz no mar. Logo, estávamos entre cascos abandonados de antigos barcos e o cheiro do oceano envolvia tudo. Arranquei num gesto o manto de Apicula.

— Temos aqui uma princesa que pode te dar muito prazer, mas Júlio também pode atender-te.

Ariosto riu tanto ao ver a menina nua que sua baba caiu sobre o manto.

— E tu, Heliodoro? Não podes me atender?

O velho curvou-se sobre uma viga apodrecida e expôs as nádegas enrugadas.

* * *

A manhã seguinte encontrou-nos exaustos e dormimos até quase o fim do segundo lume. Ao sairmos, o pátio superior da pousada estava tomado pelo sol alto e no mar, em frente, um longo barco de velas coloridas era a novidade. Mesmo atracado a certa distância da costa via-se o movimento no convés. Marinheiros trabalhavam no velame e outros desciam os escalares que transportariam os viajantes a terra firme. De qualquer forma, era augúrio de novos clientes na taberna, logo mais. Voltei ao quarto e dei com Júlio montado sobre Apicula. Agarrei um pedaço de corda que servia para prender a janela e surrei suas nádegas nuas.

— Ora, Júlio, deixa a menina. É nossa mercadoria. O uso é restrito aos clientes.

— De onde tiraste a idéia infeliz... Tu mesmo és apreciador... Por que não eu?

— Chegou navio. Ela não pode parecer cansada na hora de prestar os serviços necessários.

Júlio caminhou até a ventana para ver o barco visitante.

— Espero mesmo que aconteça alguma coisa, porque se ficarmos reduzidos aos velhos da casa de banhos estaremos perdidos...

Apicula nos olhava e parecia sorrir. Senti muita ternura por ela. Vontade de enchê-la de beijos, mas eu não podia dar o mau exemplo.

— Vamos ver o que é possível conseguir com os marinheiros. Se a fatura for boa, podemos ir embora desse triste buraco — eu disse, para incentivar meus pupilos.

* * *

Quando descemos, especulando em busca de clientes, de novo as velas do navio se haviam inflado. O grande barco de nossas esperanças se preparava para partir. Mesmo assim caminhamos pela margem, olhando o movimento no convés. Fomos surpreendidos por Aécio, logo acima de nós, observando.

— Perderam essas vítimas, abutres — ele disse e voltou-nos as costas, rindo.

Júlio ia retrucar, mas o impedi.

— Ele deve ter seus problemas com o prazer e é melhor não nos envolvermos.

Chegamos ao cais, onde haviam empilhado a mercadoria desembarcada. Ao lado dos fardos, um patrício, acompanhado de dois servos, gesticulava falando alto. Apesar das vozes desmanchadas pelo vento marítimo, ouvi sua preocupação com a segurança da carga. Ela ficaria ali, ordenou, até que a viessem buscar. Rumamos à taberna, sedentos por azeitona e vinho, que o pouco dinheiro do velho, ganho na noite anterior, garantiria. Enquanto bebíamos, pela janela eu podia ver os volumes no porto. Um dos homens lá ficara, de guarda. Quando anoiteceu, voltamos à pousada e lá estava o guardião das mercadorias. Mas havia mudado. Dois homens se revezavam, para que ninguém tocasse no que o barco ali deixara.

— Vamos para os banhos, quem sabe há gente nova lá — sugeriu Júlio.

— Não. Vamos atacar em outra frente.

Despi Apicula e a envolvi num manto curto, que realçava suas coxas firmes. Eu havia desenvolvido com ela uma espécie de código, como quem atiça um cão contra um estranho ameaçador. Ela entendia o que fazer. Duas vezes com as mãos abertas e fechadas significava que ela cobraria dez asses para satisfazer o cliente.

— Vamos descer até o mar.

Encoberto, o céu transformou a zona dos barcos em cenário sombrio. O homem lá continuava, guardando os volumes em completa solidão. Apontei-o a distância, indicando a Apicula que cumprisse a sua parte. Estendi a ela um jarro de vinho, subterfúgio que adoçaria o encontro.

— Todo esse esforço por dez asses, quase nem paga a bebida — disse Júlio, logo que a menina partiu.

— Não sejas burro; quando ele estiver entretido, vamos roubar uma ou duas daquelas caixas.

Júlio me olhou com censura. Acho que, no fundo, ele não se julgava um marginal.

Vimos, a distância, o homem expulsando Apicula. Logo ela estava de volta. Olhos tristes, de perda. Beijei sua boca, num ato impensado.

— Agora vai tu — falei.

— Eu?

— Se ele não gosta de mulher, deve gostar de homem. É impossível que um reles empregado não tenha algum desejo de diversão numa noite fria.

Júlio se resignou e ia na direção do cais quando estendi a jarra de vinho.

— Leva.

— Ele vai ver que é a mesma...

— Não. São todas iguais.

Apanhou a botija e desceu. Sentei Apicula em meu colo e a abracei. Ela correspondeu e encostou os lábios no meu pescoço.

Lá embaixo, Júlio e o guardião embalaram conversa. Algum tempo depois se afastaram um pouco das caixas. Sinalizei à menina para me aguardar e desci. A pilha de volumes era quase da altura de um homem e foi fácil retirar duas delas. O guarda fungava sobre Júlio, como um porco. Abracei os dois volumes e subi o monte em direção à pousada. Só na contagem, no dia seguinte, descobririam o roubo.

* * *

Apicula não parecia interessada no conteúdo dos embrulhos. Roía um pernil de carneiro com que lhe presenteei. As caixas eram bem fechadas e custou esforço arrombá-las. Usamos um facão. Violado seu conteúdo, finalmente, nos deslumbramos. Eram peças de vestuário, panos, mantos bordados e sedas finas, provavelmente vindas do Oriente. Júlio enrolou-se numa delas e bailou pelo quarto, cantarolando.

— Precisamos esconder esses tesouros — eu disse, numa viva intuição de que poderíamos ser apontados como autores do roubo por alguém como Aécio.

— Onde?

Eram caixas de quatro ou cinco covados de comprimento.

— Pois é. Onde? Na beira da estrada, antes da entrada da cidade. No bosque à esquerda. Vamos eu e tu esconder estas peças.

Tiramos os fardos pela janela, assim como eu os havia feito entrar, e tomamos a estrada. Uma chuva fina caía e logo engrossou, mas não descansamos antes de esconder as caixas num tronco de árvore oco, sobre o qual colocamos pedras. Depois ficamos buscando pontos de referência na escuridão. Tudo era espantosamente semelhante, só natureza viva ou morta. Árvores frondosas e troncos podres. Saquei o sabre que trazia na bainha de couro e abri uma fenda na casca de um cipreste, depois fiz o mesmo em cada um dos troncos até a estrada, num total de doze.

Só seria necessário encontrar aquela primeira árvore. Voltamos.

* * *

Amanhecia. Acordei com o som de socos na porta. Saquei o sabre e me pus em defesa. Os golpes fortes e decididos não despertaram Júlio e Apicula, que dormiam abraçados, ignorando o tumulto que se avizinhava. Quase certo de quem batia, abri a porta. Sem convite, quatro homens entraram, ríspidos. O que ordenara a guarda da mercadoria no cais cruzou por mim, escoltado por dois sujeitos armados. Um deles eu reconheci — se revezara na guarda, na noite anterior, sem que fosse o cliente de Júlio. Entrou também o hospedeiro. O bem vestido bateu palmas e acordou o casalzinho. Eu quase ri, mas me contive, sério, tentando acordo com a gravidade da situação.

— O que está acontecendo? A que se deve essa invasão? — perguntei, em tom um tanto ridículo, me pareceu. Intimamente, avaliei: quem se divertira com Júlio não confessara o deslize.

— O que está acontecendo? — Júlio fez coro, completamente nu, ao lado de Apicula, nua também e neutra em seu olhar de quem com nada se surpreende mais.

— Ontem à noite houve um roubo no cais e temos informações de que sois os únicos estrangeiros na cidade, nesse momento — informou, voz pausada, mas firme, o homem bem vestido.

— E, primeiramente, vós quem sois? — inquiri. Os estrangeiros são tratados assim por aqui?

— Este é Hermógenes, cavalheiro romano que possui casa de veraneio aqui nas redondezas — informou o hospedeiro, em tom humilde.

— E isso lhe dá o direito de invadir o quarto de seus hóspedes, Gian?

— Revistem o lugar — ordenou o tal Hermógenes, e os auxiliares iniciaram uma busca que não durou nada. O quarto era pequeno e apenas dois sacos de couro continham nossos objetos pessoais.

— Não encontramos as caixas — informou ridiculamente um deles, admitindo o que era visível.

— Os trajes molhados e estendidos no chão indicam que ontem à noite caminharam na chuva — detalhou Hermógenes.

— Parece que devemos ficar trancados no quarto para agradar ao cavaleiro — emendei, sarcástico.

— Quem sois? — indagou o homem, e notei que ele começava a submeter-se.

— Heliodoro e Júlio, agentes teatrais e empresários do ramo de diversão. Apicula é mulher de meu sócio e artista dançarina — descrevi-nos, sem titubeios.

Ele ficou um tanto intrigado com a pronta resposta e via-se que estava sem rumo. Resolvi auxiliá-lo.

— O cavalheiro foi vítima de roubo na noite de ontem?

— Sim, tecidos raríssimos vindos de vários lugares, da Índia, China e Egito. Os ratos levaram apenas algumas peças. São para uma festa que realizo no próximo mês para os melhores... Bem, aceita minhas desculpas. Vamos embora, rapazes.

— Conta conosco para o que precisar — falei num ato de suprema ousadia.

Júlio ia estourar de rir logo que saíram, mas avancei sobre ele e cobri sua boca. Estávamos ainda sob vigilância, eu tinha certeza.

* * *

Ora, eu não tinha dúvidas de que o tal Aécio da casa de banhos havia nos apontado como prováveis autores do roubo. Se partíssemos, nos seguiriam, disso eu também estava certo. Nossa continuação na cidade dependia de ganhar algum dinheiro. O nosso estava acabando. Júlio parecia uma criança e só queria ficar sobre Apicula. Estava apaixonado. Eu sentia ciúme, porque também estava encantado pela estranha beleza da escrava. Seu corpo, musculoso e miúdo, me atraía como nunca me ocorrera com outra fêmea. Ordenei a Júlio que fosse dar um passeio para que eu pudesse usufruir de Apicula e ele se sentiu incomodado. Tentou usar meus argumentos, de que ela era nossa mercadoria e tudo o mais. Ri na cara dele e o informei que quem dava as ordens no grupo era eu. Ficou ainda mais furioso e se atracou comigo. Rolamos no chão, enquanto a menina, motivo de nossa contenda, nos olhava sem expressão. Ela parecia dizer: pertenço a quem vencer a contenda. Mas o pobre Júlio não tinha condições de lutar comigo. Logo o sufoquei contra a parede e apertei seu pescoço até ele ficar azul. Quando vi suas lágrimas rolando, soltei-o. Eu gostava dele, mas amava Apicula. Muito estranho.

* * *

Amamo-nos toda a madrugada, enquanto Júlio dormia no chão do quarto, derrotado. Ao amanhecer o acordei e, gentilmente, o informei que sairia para uma pesquisa de campo. Se ele quisesse, ela seria só dele até a minha volta.

— Desgraçado — resmungou e cuspiu na minha perna.

Saí do quarto e me pareceu que um dos empregados de Gian me observava, mas tudo poderia ser apenas impressão causada pelo susto da noite anterior. Caminhei ladeira abaixo em direção à praça, núcleo central do povoado. O sol saíra, pálido, depois de dois dias de céu encoberto. As pessoas circulavam em torno do mercado e eu sentia que me olhavam com desconfiança, mas consciente de que tudo era minha imaginação. Fui surpreendido com a visão de Hermógenes, acompanhado de dois dos seus guardas pessoais. Eles carregavam fardos de compras do cavalheiro de Roma. Uma súbita intuição novamente me acudiu e me dirigi a ele. Fiz uma reverência e o saudei. Ele correspondeu sem titubear. Achei que suas desconfianças haviam se dissipado.

— Quero oferecer nossos préstimos artísticos para abrilhantar tua festa, nobre cavalheiro — falei, de forma totalmente irresponsável.

Ele me olhou nos olhos, profundamente, antes de responder.

— Por acaso posso assistir a uma apresentação prévia de teu grupo?

— Não imaginei outra coisa, Hermógenes.

— Amanhã vou examinar atrações depois da terceira *luce*. Aparece com teu número — ele informou e fez uma leve inclinação de cabeça, antes de virar as costas.

O tamanho de minha ousadia me fez sorrir. Comprei algumas limas e voltei para o quarto, pronto para encontrar a nossa vocação artística.

* * *

Júlio julgou completa loucura a minha proposta, e Apicula nem sequer tomou conhecimento dela. Expliquei os objetivos: arrumar algum dinheiro e acabar com as suspeitas que recaíam sobre nós. Minha idéia era escapar no final da festa em direção a Roma e apanhar nosso pequeno tesouro no bosque. Mas o argumento razoável de Júlio atentava para nossa incapacidade de produzir alguma coisa apresentável. Olhei a pequena Apicula, naquele momento, sentada na cama, mexendo no pé, e depois olhei para Júlio, que era um jovem bonito, e tive uma idéia: por que não fazer do casal uma atração?

— Vamos ensaiar. Ela será a atração principal. Será despida por ti, Júlio, enquanto danças em torno da liteira.

— Que liteira?

— Arranjaremos uma... E dois carregadores. Eles entram. Ela, deitada... Envolta em uns poucos véus. Tu danças em torno e vais arrancando cada um dos panos, até desnudá-la totalmente. Depois, ápice da cena: montas sobre ela, como costumas fazer, para cobri-la. Aí os carregadores levam embora a liteira.

— Que graça há nisso?

— Ora, Júlio, graça nenhuma. Provavelmente, Hermógenes rejeitará nossa atração, mas estaremos salvos das desconfianças que recaem sobre nós. Ele terá a certeza de que não somos malfeitores à espera de um descuido para roubar.

— É mesmo? Pois te asseguro que gente que se envolve com teatro e espetáculos é sempre suspeita.

— Nada disso. Não nos resta outra saída. Vamos ensaiar.

Júlio se ergueu um pouco contra a vontade, mas sem ter como se negar.

— E a música? Como vamos dançar sem música?

— Arranjarei alguém que toque uma harpa ou um tambor.

— Então faça isso agora, precisamos ensaiar com música.

Meu amigo girou sobre si mesmo e, sob o olhar curioso de Apicula, voltou à cama. Também me pus em ação. Saí em busca de músicos.

* * *

Gastei nossos últimos recursos no aluguel de uma liteira e na contratação de um flautista. Ensaiamos várias vezes e pintamos de verde os cabelos de Apicula. Ela parecia ainda mais estranha e linda. No dia seguinte, nos apresentamos no palácio de Hermógenes para a seleção. Havia atrações variadas, chegadas de Roma naquele mesmo dia e na noite anterior: dançarinos, mágicos, encantadores de serpente e treinadores de animais. Algumas belas mulheres vinham apenas contribuir com suas presenças. Estava implícito que eram prostitutas contratadas. Pensei em alugar a permanência de Apicula entre elas. Hermógenes veio pessoalmente fazer a escolha das atrações. Eu não tinha idéia dos valores envolvidos e fiquei atento às negociações, embora não fossem feitas na frente de todos. Quando um grupo de dançarinas foi aceito e chegou a um acordo na sala ao lado, abordei uma delas.

— Quanto ele está pagando a cada uma do grupo?

— E por que devo te dar essa informação, estranho?

— Ora, será uma troca — falei olhando nos olhos da bela mulher, que aparentava ser uma frígia.

— E qual será tua parte no negócio?

— Posso dizer-te como ganhar um dinheiro extra na cidade. Como te chamas?

— Irina. Como seria esse dinheiro extra? Servindo ao desejo de homens?

— Possivelmente.

— O cavalheiro nos pagará para isso. Após a dança estaremos disponíveis aos convidados. Mas quanto nos dará, não te posso dizer.

Riu-se de mim e se afastou rebolando o belo quadril.

* * *

Nossa apresentação não foi das melhores. Júlio bebeu muito vinho para criar coragem e acabou tropeçando num dos movimentos. Também não havia muita correspondência entre o som da flauta e seu requebrado. Enfim, toda a pantomima esteve bem próxima do ridículo. Mas a nudez de Apicula salvou a situação. Ela era muito atraente.

— A imperfeição do dançarino não é o mais condenável — observou Hermógenes. — O mais grave é a falta de entusiasmo viril na simulação do ato.

Ele se referia ao fato de Júlio não haver conseguido erguer sua arma com a rigidez desejada.

— Fazei uma oferenda a Príapo — emendou Hermógenes, troçando.

Fiz um aceno de cabeça, indicando que entendíamos por que estava nos cortando do espetáculo.

— Entendo perfeitamente, peço desculpas por nossa tentativa. Quem sabe numa próxima oportunidade, com mais ensaio...

O rico cavalheiro de Roma se ergueu e estendeu a mão, pedindo que eu me aproximasse. Quando cheguei perto, passou o braço sobre meus ombros.

— Sei que és o empresário desses dois desastrados atores — sussurrou. — Estou interessado que fiquem à disposição para meus convidados. Eles são bonitos. Eu mesmo estou interessado no rapaz. Na sala ao lado, eles poderão escolher alguns trajes, e amanhã devem vir muito belos. Quanto vais querer para que ajudem a animar a minha festa?

Eu não estava preparado para a pergunta.

— O que vossa generosidade pode oferecer?

— Quinhentos asses para cada um, por toda a noite, disponíveis quantas vezes forem necessárias... E tu poderás ajudar na organização, pela qual pagarei mais quinhentos. Que te parece?

— Aceitamos, honrados, vossa proposta — respondi e ele me deu um beijo no canto da boca.

* * *

Eram três os salões que abrigariam os convidados. Carroções suntuosos e bigas de nobres romanos invadiram Eléia desde o amanhecer. Os pomposos homens e mulheres que desfrutariam das extravagâncias de Hermógenes agiam com estudada superioridade, que mais lembrava arrogância. Antes de se abrirem as portas do palácio aos representantes da elite do império, eles aguardavam dentro de suas viaturas, evitando se misturarem à reles população. Chegaram também pelo mar, em dois barcos carregados de convidados, para o que seria o evento do ano na pequena cidade costeira.

Cuidei pessoalmente da preparação de Apicula. Pintei seus pêlos com rizoma de açafrão. A vulva amarela e o cabelo verde contrastavam com sua pele morena. Cobri-a de seda chinesa, deixando as nádegas à mostra, para encantar os adoradores de cu. Júlio também realçou seus glúteos, desnudando-os e colorindo-os como melões na feira.

Seus cílios receberam pintura azul e ele calçou sandálias bordadas com pequenas flores brilhantes. Apenas uma faixa de cetim embrulhava e escondia seu pênis, deixando clara sua preferência por deixar-se penetrar. Eu mesmo vesti uma capa negra sobre o corpo nu, preparado para qualquer eventualidade.

* * *

A lua brilhava alta ao chegarmos ao palácio, e estávamos entre os mais discretos. A opulência e a estranheza não temiam o ridículo, entre convidados e servos. Trajes e pinturas no corpo, adornos e posturas ao andar e no falar tinham como alvo o máximo de relevo, o mais forte apelo por demonstrar a singularidade de cada um. A tal ponto que, de certa forma, todos se pareciam. As vozes de centenas de pessoas falando ao mesmo tempo criavam um zumbido que se sobrepunha a qualquer outro ruído, inclusive ao som das harpas e flautas que não cessavam de tocar. Fui apresentado a Jarin, o organizador geral, que me incluiu, como o combinado, na organização. Fui encarregado do controle de um grupo que satisfaria a luxúria dos nobres. Além de Júlio e Apicula, havia cento e quarenta desses prostitutos homens, mulheres e até algumas crianças. Trinta quartos foram preparados para receber casais ou grupos que desejassem fornicar a qualquer momento.

Os disponíveis ficariam nos corredores como na zona de prostituição, em Roma, e um segundo grupo desfilaria pelos salões, oferecendo-se para o amor. Instruí Júlio para que provocasse Hermógenes. Este havia manifestado intenção de possuí-lo. Apenas entre as que serviriam à festa, se contavam mais de quinhentas pessoas. O cheiro de carneiros, cabritos e javalis assados inteiros no pátio invadia as narinas e provocava o apetite. A festa foi oficialmente iniciada com toque de trombetas e a presença de Hermógenes no salão principal. Vestindo um longo manto dourado e acumulando vários grossos colares de pedras brilhantes e sementes coloridas, o anfitrião sorria com a satisfação de quem pode pagar o prazer para os de sua estirpe. Todos o adulavam, abraçavam, beijavam sua mão e não faziam nenhuma questão de esconder essas posturas. Por alguns momentos, o zumbido de vozes reduziu-se bastante, para que Hermógenes falasse.

— Cavalheiros e cidadãs de Roma e demais eméritos visitantes de minha casa, a noite que começa e o dia que virá estão à vossa disposição para que se celebre a nossa fugaz existência. Peço a Eros e a Príapo, a Vênus e a Baco que mantenham nosso desejo no mais alto dos cimos, e então, quando nenhum de nós estiver mais aqui, alguém lembrará deste dia e dirá: eles se divertiram. Aproveitai!

* * *

Roma recebia gente de todos os lugares, levada à força, por via da necessidade, ou ainda pela atração de capital do mundo que a cidade exercia. Representantes desses grupos circulavam no festim. Assírios, chineses, egípcios, hebreus, gregos em busca de diversão, ou o que lhes parecia que isso fosse. Hermógenes, sabendo da multiplicidade de interesses que surgiriam, providenciou atrações variadas. O espetáculo teve início com os gladiadores. Um pouco de ação animava os convivas. Dois árabes, fortes como touros, armados de gládio e escudo, se enfrentaram desferindo tanto golpes quanto urros, até que o cheiro adocicado e enjoativo do sangue infestou o ar. Um deles pereceu, pescoço atravessado por lâmina dupla. Hermógenes deu liberdade e algumas moedas de ouro ao vencedor. A luta aconteceu num cercado do pátio, que logo se esvaziou. Os convidados voltaram ao salão, desejosos de se entregarem ao prazer da gula. Os primeiros animais inteiros, recheados com frutas e miúdos cozidos no tempero forte, chegavam às mesas. As bailarinas, quase nuas, ocuparam o centro dos salões executando coreografias velozes ao som de harpas e flautins. Preparei a primeira leva de homens e mulheres que se ofereceriam aos nobres, enquanto esses comiam. Selecionei duas negras, duas chinesas e duas indianas, formando um leque bastante variado de mulheres disponíveis. Logo depois delas, três rapazes negros e três árabes completavam o pelotão de prostitutos. Todos tinham suas nádegas à mostra e as faces pesadamente cobertas por tintas de cores fortes. Os doze disponíveis para o amor percorreram os salões de mãos dadas, em fila. Os convidados continuaram comendo, indiferentes à oferta. No máximo, espiavam, entre um bocado e outro de carne que levavam à boca, as possibilidades de lascívia. Eu estava atento para a possibilidade de aumentar nosso patrimônio com aqueles ricos reunidos. Aguardava a oportunidade de surrupiar um tanto de suas gordas bolsas. Mas era preciso cuidado.

* * *

A variedade de pratos, preparados com especiarias de todos os cantos do Império Romano, parecia interminável, e sua apresentação era por si só um espetáculo. Uma travessa gigantesca, com carne guisada e temperada com finas essências, que a tornavam especialmente aromática, foi trazida ao centro do salão. Logo, pequenos cães de Pompéia, velozes, entraram e avançaram sobre a iguaria, que foi consumida com voracidade. Quando os animaizinhos lambiam o prato vazio, foram surpreendidos por escravos, empunhando pequenas facas de lâmina curva numa das mãos e um prato na outra. Esses auxiliares abriam os ventres dos cães e retiravam os seus estômagos ainda quentes com guisado moído. O prato era servido aos convidados retemperado com azeite fino. Essas iguarias eram consumidas acompanhadas de vinhos diversos, servidos generosamente e a cada vez que uma taça se esvaziava. Os arrotos e outras manifestações de satisfação pontilhavam a conversa entre comensais. Após algumas horas do festim, muitos, totalmente embriagados, dormiam a sono solto, cabeças caídas sobre as mesas, ou divagando em prosa ininteligível. A partir desse momento, os ainda despertos começavam a se interessar pela carne viva, que desfilava aguçando a lascívia.

* * *

A minha treinada Apicula aguardava ordens para seduzir quem me parecesse interessante. A orgia era de tal ordem que ninguém seria capaz de notar nossos movimentos de predadores. Localizei um gordo cidadão romano, bastante embriagado, ostentando uma bolsa que mantinha amarrada ao pulso. Ele demonstrava interesse pelas mulheres que se exibiam, mas era vencido por sua pouca mobilidade. Outros acabavam por levar as prostitutas ou avançar sobre elas ali mesmo, na mesa. Reproduzi os gestos que Apicula deveria fazer para, primeiro, alimentar o interesse de nosso alvo, depois, conduzi-lo a um dos quartos. A menina ficou de pernas abertas, em pé, sobre o homem, de forma que as belas nádegas ficassem à altura da boca do romano. Em frente à mesa, fingindo observar a festa, eu comandava os

seus movimentos. Sinalizei para que o beliscasse e condu-
zisse, mediante beijinhos, até a área dos quartos. Vi que ele
estava encantado com o cu de Apicula. O homem teve certa
dificuldade para se levantar, devido ao peso e à embriaguez. A minha querida quase o arrastou até a cama e eu os
acompanhei a distância. Os ambientes reservados a Eros
estavam lotados e precisei intervir para não perdermos a
vez. Entrei num deles, onde dois homens dormiam abraçados, depois do amor. Sacudi-os com cuidado e solicitei que
liberassem o ambiente para novos casais. Resmungaram
um tanto, mas acabaram saindo. Apicula e seu noivo entraram. Fiquei guardando a porta para que o quarto não fosse
invadido e espiei a evolução dos acontecimentos. Ela tirou
a roupa do patriarca e o encheu de carinhos. Foram tantos
beijos e afagos que o homem se esvaiu, vencido pelo prazer. Entreabri a porta e entreguei um vaso de vinho doce,
para que Apicula completasse a derrubada do romano.
Ensaiada, ela fingia um gole e oferecia outro. Não demorou
muito para o homem desmaiar, inteiramente bêbado.
Cortei o couro que prendia sua bolsa com um golpe de
espada. Havia uma boa quantidade de ouro, que ele, certamente, daria pela falta ao acordar. Era preciso que a nossa
querida cortesã sumisse de vista.

* * *

Noite avançada, havia mais gente caída do que participantes ativos na festa.

— Quanto desperdício — comentou um homem ao meu lado, que devorava sozinho um pernil de porco. — Comem e bebem o que muitas famílias gastariam anos para consumir — resmungou em complemento.

— Ora, os nobres podem... — eu disse, para interromper as suas reclamações.

— É. E o que é a nobreza? Por que eles são nobres e nós não?

— Conseguiram roubar mais e de forma organizada — falei por falar.

— Eis a grande verdade — concordou o homem. — O que tu fazes aqui? — quis saber.

— Divirto os convidados. E tu?

— Trouxe porcos e cabritos para o banquete.

Nós estávamos quase sós na mesa, comendo e bebendo. Hordas perambulavam embriagadas pelos salões e um odor de azedume tomava conta de tudo. Havia vômito em vários locais.

— E tudo é pago por Hermógenes... Como ele arranja tanto ouro?

— Ora, possui navios, foi o que ouvi falar. Carrega riquezas dos outros para fazer a sua. Falando nele, ei-lo — eu disse, ao ver o anfitrião, que ainda sorria entre os convidados, sem ser vencido pelo cansaço. Guardava-se, talvez, evitando os excessos de Baco.

Fiquei surpreso ao vê-lo abraçado a Júlio. Entre um sorriso e outro dava um beijo na boca de meu amigo. Relaxei, feliz — estávamos na cama do mais poderoso. Tal premissa animou-me a aumentar o saque. Voltei ao corredor dos quartos e fui entrando. Cada um deles apresentava um quadro diverso. Grupos de três e quatro homens e mulheres fornicavam em alguns; em outros, casais de amantes dormiam profundamente. Fui limpando as bolsas desses acabados. Num deles repousava uma bela mulher, que eu ainda não havia visto, e a seu lado um mancebo bastante jovem e também belo. Avancei sobre o saco de couro que jazia ao lado e o livrava das moedas de ouro.

— Um ladrão no palácio de Hermógenes — ouvi a voz feminina dizer, me surpreendendo. — A festa carece de uma crucificação — completou, ameaçadora.

Olhei em seus olhos sonolentos e lindos, cor de mel, e para seus lábios grandes. Era possível adiantar que não se tratava de uma prostituta contratada.

— Seria uma grande perda ter que quebrar esse belo pescoço para não ser denunciado — falei.

— Além de ladrão, és homem entre as pernas? Hoje estou tomada de um fogo que nunca se apaga. Podes ficar com as moedas de ouro, mas me ajuda a sossegar o desejo.

Ela estava quase nua. Despi seu último manto e agarrei sua cona peluda. Gemeu e fechou os olhos. Mergulhei minha cabeça entre suas pernas para satisfazê-la e me alegrar. Era suave e macia, e o tempo se desfez em nossos desejos como frutas maduras. Logo extasiávamo-nos.

— Quem és?

— Chamo-me Heliodoro. E tu?

— Sou Mirtes.

— Como a deusa?

— Como ela. E tu, apenas roubas?

— Não, Mirtes. Esses que se deixam entregues à sorte merecem suas perdas. E tu, o que fazes?

— Eu? Divirto-me. Meu marido é dono de terras que não se acabam, Heliodoro. Assim como meus desejos, não se acabam — ela disse agarrando-me outra vez.

* * *

Eu enviara Apicula de volta para nosso quarto na pousada, levando o ouro que havíamos arrecadado, porque, como imaginei, seu amante gordo acordou desfalcado e fez escândalo. Gritava pelo palácio que havia ladrões na festa de Hermógenes.

— Onde não os há? — alguém comentou ao lado dele.

O vitimado percorria os salões querendo queixar-se ao dono da festa. Enquanto isso, novas iguarias eram servidas e os que acordavam da primeira orgia iniciavam uma segunda. Encontrei Júlio, o novo amante preferido de Hermógenes. Ele fora embrulhado num longo manto, porque seu poderoso benfeitor não queria o corpo do jovem despertando desejos em outros possíveis parceiros. Meu amigo fora incluído, como prioritário, no harém masculino de Hermógenes, e receava por sua liberdade. Fiz com que enxergasse a possibilidade de acabar com seus problemas, mas Júlio temia a lubricidade e o ciúme do outro.

— Vamos achacá-lo — eu disse. — Podemos ficar ricos.

— Ele ordenará nossa morte — resmungou, temeroso, meu amigo.

— Temos pouco a perder; no máximo, a vida — falei, e nos calamos, porque o seu novo dono se aproximava, sorrindo.

* * *

O desregramento tomara conta da festa, e afora alguma atitude que ferisse interesses ligados a Hermógenes, tudo era permitido. A limpeza não era o aspecto mais forte do evento, e gente bêbada jazia caída pelos cantos malcheirosos. Mas, por outro lado, os serviços de alimentação e recreação continuavam funcionando. Animais assados inteiros, vinho e espetáculos eram servidos com freqüência. Eu apenas assistia aos malabaristas, mágicos e bailarinos, enquanto imaginava uma forma de me apropriar de parte da fortuna de Hermógenes. Uma fração dela nos bastaria. A linda Mirtes me descobriu, acomodado em mesa de canto e trinchando um pernil de porco, e colocou-se ao meu lado.

— Não há mais homem em condições de atender a uma mulher nessa orgia. Estão todos interessados uns nos outros ou então bêbados demais. Tu podes me dar um pouco mais de teu cajado.

— És insaciável, mulher?

— Não. Apenas não cheguei ao ponto de saciedade.

— Há uma jaula de gladiadores que serão o espetáculo do amanhecer. Posso te jogar lá dentro. Não sabem o que é mulher há meses.

— Devem ser brutais... Em excesso. Alguma violência no coito é recomendável, mas bem dosada. Tu sabes a medida.

— Estás apaixonada?

— Apenas por teu desempenho entre as pernas.

— A sinceridade é um predicado.

— Então?

— Estou trabalhando.

— Planejas algum novo roubo?

— Sim. Alguma coisa que me livre da luta permanente pela vida.

— Não possuo tesouro. Pertenço a um cavalheiro e ele me mantém — disse ela, olhando triste para o chão. Era uma bela dona, e meu desejo se acendia novamente. Pensava em levá-la para um quarto, novamente, quando Júlio e Hermógenes se aproximaram, abraçados.

— Vamos para o recanto de meu amado — disse meu amigo, olhos baços de embriaguez. — Temos surpresas, lá.

— Sim, vamos para o que há de melhor para os melhores. Leva tua encantadora companhia — acrescentou Hermógenes, ao ver Mirtes com a cabeça amparada em meu ombro. A intimidade do palácio me interessava, e acompanhei-os, levando a minha nova amante. Subimos dois lances de escadaria e entramos no espaço reservado do rico comerciante. Um jovem dormia na cama larga, nu, e sobre um tapete repousavam dois outros rapazes, totalmente despidos. Ao lado deles descansavam dois instrumentos musicais que eu não conhecia bem, talvez flautas.

— Acordai, meninos, a festa continua. Música e cus a postos — gritou Hermógenes, dando um tapa nas nádegas daquele que estava na cama. Eles acordaram e logo a música, melodiosa e suave, encheu o ambiente. O dono da festa abriu uma arca, entre várias outras que estavam ao lado da cama, e retirou de lá uma ânfora, abriu-a e a estendeu para nós.

— Bebei e amai, amigos. A vida não é muito mais do que uma oportunidade para tais fins.

Olhei para as outras arcas, imaginando se guardariam tesouros. Mirtes deu um gole na bebida que nos fora oferecida e reagiu com uma careta.

— É amarga — reclamou.

— Mas o efeito é doce — observou Hermógenes.

Também bebi, mais para atender à convocação de nosso anfitrião. Era realmente muito amarga. Subimos todos para a cama e Hermógenes brincava com os rapazes, agarrando-os. Mirtes imitou-o, agarrando-me. Os gemidos foram criando uma sinfonia comum entre os diversos amantes. Minhas mãos, braços, todo o corpo foi perdendo controle e a visão se embaralhou, sem ser uma sensação desagradável. A língua inchada de Mirtes dentro de minha boca me parecia uma serpente, mas sua invasão era desejada, dançando entre meus lábios. Arrepios percorriam todo o meu corpo, como se explosões de sêmen ocorressem a cada instante. Eu entrava e saía de dentro dela e seus dentes mordiam meus mamilos, provocando ondas de choque. Nossa respiração atingiu um ritmo único e éramos um animal à beira da morte, nos estertores... Fui aumentando os movimentos e minhas mãos buscavam outros orifícios de Mirtes. Enfiei dois dedos em seu cu e ela gritou, se sacudiu e rolamos, caindo da cama, sobre o tapete. Retirei os dedos de entre suas nádegas e enfiei meu pênis, agarrando seu pescoço para que ela não fugisse. Entregou-se. Deixou que eu me apossasse dela, inteiramente. Diminuí o ritmo, dando pequenos beijos em seu pescoço, e olhei para os arqueiros que caçavam javalis nos desenhos do tapete. Eles cavalgavam na floresta, com seus arcos flexíveis e suas flechas...

* * *

Ao acordar, ao lado da cama de Hermógenes, minha língua pastosa ardia, e demorei algum tempo para restabelecer o equilíbrio e me erguer. O quarto esvaziado, menos por mim. Os instrumentos jaziam ao meu lado. A ânfora com a poderosa bebida e as arcas também ficaram ali. Fui até elas. Abri a primeira e havia apenas finos tecidos, que me pareceram da mesma origem daqueles que desviáramos no porto. Mas eu queria ouro. Abri a segunda e encontrei alguma coisa de valor. Uma cimitarra encravada de pedras misturava-se a muitos outros adereços brilhantes, de diversos metais nobres. Apanhei um manto na primeira arca e embrulhei nele a arma e as jóias. Fiz uma trouxa e ia sair do quarto quando entraram Hermógenes, Mirtes e um homem mais velho que eu desconhecia. Estavam acompanhados de dois guardas. Notei que minha amante recente apresentava intumescimento no rosto, marcas arroxeadas, causadas por maus-tratos.

— É ele, mulher desprezível? — perguntou o desconhecido, que concluí ser Gino, o proprietário de Mirtes. Ela abaixou a cabeça. Ele avançou, tentando arrancar o embrulho que eu compusera. Segurei com força e ficamos retendo os objetos a quatro mãos.

— ... E se preparava para novos saques, Hermógenes, mas o pegamos.

— O que tens aí? — quis saber o anfitrião. Como eu permanecesse calado e segurando a trouxa, fez um movimento com a cabeça e os guardas avançaram. Larguei o produto de meu furto. Abriu-se o manto, expondo as peças.

— Temos um destino certo para ladrões — falou Hermógenes aos guardas, e fui arrastado para fora do quarto. Fiquei tentando imaginar onde estava Júlio, que não me acudia.

* * *

Fui colocado numa jaula com mais três sujeitos. Havia uma porta gradeada que dava acesso ao cubículo ao lado. Ali, dois tigres agitados percorriam o pequeno espaço, sem descanso. No piso da jaula das feras, jaziam corpos dilacerados. Partes deles, reduzidas em ossos quebrados pelos dentes dos animais. Os outros infelizes me informaram que eles comiam duas vezes por dia, e um homem costumava ser consumido em cada refeição. Nosso destino se decidiria nos próximos dias. Se os tigres em breve teriam comida, a nós não era dado esse direito e, após muitas horas, os outros condenados gemiam de fome e sede. Eu aguardava a presença de Júlio, imaginando que talvez não tivesse sido informado de minha prisão, no subterrâneo do palácio. Adormeci quando o breu se instalou na jaula. O fedor dos cadáveres, ao lado, e os gemidos de dor do companheiro de cela esfomeado não me impediram de dormir, mas os sonhos advindos desse repouso foram sombrios. Fui acordado pelo rugido das feras, no cubículo ao lado, e por alguma luz, que recebíamos de uma minúscula janela no alto da parede. Os guardas estavam reunidos em frente ao nosso cárcere, acompanhados de amigos. Ao todo devia ter umas dez pessoas, e eu não conseguia entender a razão.

— Solta logo — alguém gritou.

— Por que eles estão aqui? — perguntei ao meu companheiro de infortúnio.

— Vieram assistir aos tigres comerem, na prima luce...

Eles sentiam prazer em assistir àqueles gatos monstruosos devorando homens. Gosto estranho!

— É agora. Quem vai? — perguntou o guarda, aproximando-se da alavanca de comando que controlava a grade. Ficamos todos os três encostados contra as barras de ferro, no fundo estreito.

— Quem vai? — gritou novamente o carcereiro. Ninguém se mexeu, é claro. Não havia desespero que motivasse um homem a buscar morte tão cruel. O guarda sacou o gládio e começou a perfurar nossas costas pela grade, obrigando-nos a avançar até o limite do espaço. Estabe-

48

leceu-se um jogo de ir para a frente e voltar, receber nova estocada, avançar e voltar, mas um de nós, o que mais reclamava da fome, um árabe esquálido, movia-se devagar. O carcereiro viu que se atrasara e libertou os tigres, descendo de imediato um segundo gradil. A fera derrubou o infeliz com uma única pata e depois rasgou seu pescoço com os dentes afiados. O segundo animal dividiu o corpo do homem, que sublinhou seu sacrifício com terríveis gritos de pavor. O pequeno público presente ao espetáculo infernal assistia extasiado ao banquete das feras. Logo seria eu o repasto dos gatos gigantescos.

* * *

O longo dia após o massacre matinal se arrastava entre a fome e o nojo. Todo o ambiente infestado do nauseante fedor de corpos apodrecendo, urina e fezes. Eu e meu companheiro de sorte, de nome Caetano, acabamos por estabelecer um contato mais forte. Falamos dos crimes que nos conduziam àquela situação. Ele fora pego em flagrante, entrando na sala do tesouro de Hermógenes, por uma fresta a partir das despensas, quando auxiliar de cozinha. Um guarda o surpreendeu. O pobre homem narrava sua sina e chorava muito.

Não saberei avaliar quanto tempo se passou até eu vislumbrar Júlio descendo as escadas de acesso às celas. Ele estava acompanhado de Jarin, o administrador de Hermógenes. Vi em seu rosto que as coisas não seriam fáceis.

— Só hoje de manhã descobri que estavas na masmorra. Ele não queria sequer falar sobre teu caso, mas ameacei abandoná-lo, e como está apaixonado, cedeu... Um pouco. Não concorda em simplesmente te soltar, como se nada houvesse acontecido. Propus que serias levado até o limite da cidade, mas mesmo assim não cedeu. Foi dele a sugestão de que conquistes tua liberdade na arena, com os gladiadores — disse Júlio num só fôlego.

— Serei morto, não possuo treino para enfrentar os que vivem do combate.

— Menos chances terás com os tigres...

— É verdade.

— Teu combate será hoje, ao anoitecer. O adversário é Saulo, um hebreu muito forte. As armas são o gládio e o escudo.

— Sabes tudo com detalhes. Quem decidiu?

— O próprio Hermógenes. Ele está com muita raiva e fez questão de certificar-se de tua derrota, mas...

— Melhor que enfrentar os tigres...

— É.

— Vamos subir, a última luce se aproxima — interrompeu-nos Jarin. — Podes fazer uma refeição antes da luta.

Olhei para Caetano e pensei que, afinal, nosso destino não era comum.

* * *

A arena, um círculo medindo trinta passos de diâmetro, demarcado por cercado de madeira, fora montada no pátio interno do palácio. O tal Saulo treinava só, quando cheguei da masmorra. Era um gigante, pelo menos diante de minha envergadura. Duvidei que ele precisasse de mais de dois ou três golpes para acabar comigo. Alguns curiosos se posicionavam em torno, mas Hermógenes ainda não chegara. Jarin me estendeu o gládio e o escudo. Eu não usava um desses num combate desde meus tempos de legionário. Na verdade, eu nunca matara um homem. Meu único crime fora a pobre velha que sufocara involuntariamente. Sentia-me abandonado pelos deuses. Um pária que morreria ao cair da noite. Vi Mirtes beijando o rosto de Júlio. Ela fora a minha delatora, talvez involuntária. Seu belo rosto ainda tinha as marcas de tortura, aplicadas por seu proprietário. Ela não ousou vir falar comigo, mas Júlio me abraçou e beijou minhas faces.

— Tentaremos te salvar. Evita os primeiros golpes, que a força de Saulo se esvairá, então deves matá-lo para que não sejamos descobertos — murmurou meu amigo.

Notei que Mirtes se aproximava de meu adversário carregando uma taça. Ofereceu os lábios para o gigante, que não desdenhou o prazer do beijo. Ela segredou promessas em seu ouvido, era visível por seu semblante satisfeito, depois estendeu o vinho. Quase me apiedei de Saulo, ao vê-lo sorver sua derrota. O sol caía. O anfitrião entrou no pátio e assentou num trono, ali colocado para ele. Era uma estrutura alta, que lhe permitiria assistir ao combate em posição privilegiada. Mirtes sumiu entre a massa compacta, que agora tomava todo o espaço em torno da arena. Fui empurrado para o círculo da morte e meu carrasco também avançou, sorridente. Sua altura era quase o dobro da minha. Golpeou-me de cima para baixo e aparei a lâmina com o escudo sobre a cabeça, mas a sua força era tamanha que caí ajoelhado. Só escapei do segundo ataque porque rolei no chão, numa fuga vil. O público começou a bater palmas, antecipando minha execução a qualquer momento. Arrastei-me pelo chão para fugir do terceiro golpe, mas a ponta do gládio me atingiu a sura. Gritei e o sangue correu. Saulo riu e, de pernas abertas, preparou-se para a estocada final. Eu jazia no chão arenoso. Ele ergueu a espada, segurando o cabo com as duas mãos, para enterrá-la em meu peito... Então, balançou. Seja o que for que Mirtes haja posto em sua bebida, fazia efeito. Se caísse, seria substituído por outro gladiador. Ele precisava ser vencido, para que eu me livrasse. Reuni todas as forças que não tinha, debilitado pela perna ferida, e me ergui, movido pelo apelo vital. Enterrei meu gládio em seu coração. Quando o atingi, seus olhos estavam se fechando. Urrou e a torcida em torno gemeu com ele, assistindo àquela reação inacreditável. Deixei a arma cravada em seu peito e me afastei para assistir ao gigante desmoronar.

* * *

Hermógenes era o mais descrente de todos. Desceu do trono e entrou na arena. Parou ao lado de seu gladiador predileto, sem conseguir crer que fora derrotado por um rato ladrão, como eu. Mas Saulo estava duplamente morto. A uma das mortes Hermógenes assistira. O poderoso cuspiu no cadáver e se voltou para mim.

— Sai da minha casa, e nunca mais retorna — ordenou, virando as costas. Júlio correu e me abraçou.

— Agradeça a Mirtes — falei em seu ouvido. — Devo-lhe esta. Estarei na estalagem.

Quase não conseguia acreditar que ainda estava vivo. Caminhei depressa para sair dali. Atravessei o corredor passando pelas cozinhas. Pensei na passagem referida por Caetano e segui adiante em direção a nossa hospedaria. Júlio me levou até a porta do palácio. Voltaria para os braços de seu noivo, que afinal, mesmo sem querer, possibilitara a minha salvação.

* * *

Encontrei Apicula dormindo, nua, e me lancei sobre ela. Há apenas meio dia, dava como certo que nunca mais teria uma mulher ou qualquer prazer na vida. Quando me fartara na carne da escrava e respirava suavemente, aguardando o sono abraçado a ela, bateram na porta. Era noite alta. Temi, imaginando que meus inimigos pudessem estar preparando uma vingança. Fui abrir com a espada na mão. Era Mirtes. Lançou-se em meus braços e eu não podia repelir seu intento amoroso. Devia a vida à bela mulher. Olhou sobre meu ombro e viu Apicula sentada na cama, despida e claramente saída de uma sessão de amor. O cheiro de nosso intenso coito estava no ar.

— Não sobrou energia para entrar em mim, não é?

— Mais tarde. Na madrugada te atendo — falei, sinceramente.

— Então fico — disse, e despiu o vestido longo. Metemo-nos todos na cama, abraçados. Logo dormi. Acordei com a prima luce invadindo o quarto e os gemidos de Mirtes. Apicula estava beijando sua cona. Encaixei-me nas ancas de minha salvadora e a fizemos duplamente feliz.

* * *

A manhã foi tão deliciosa quanto ameaçadora. Eu estava na companhia de duas belas donas, que me desejavam intensamente e se desejavam entre si, mas toda nossa fortuna eram algumas moedas de ouro roubadas do gordo bêbado e outras tantas aliviadas do jovem amante de Mirtes. Pagariam um mês de hospedaria em qualquer lugar. Havia ainda a ordem do poderoso para que eu abandonasse a cidade. O juízo aconselhava que eu o obedecesse. Vieram-me à cabeça, novamente, as palavras de Caetano, que a essa altura já servira de refeição aos tigres. Havia uma passagem para a sala do tesouro na cozinha. Eu não conseguia imaginar como podia ser isso, mas ele conseguira entrar, antes de ser preso. Era loucura pensar em tal coisa, mas eu não conseguia deixar de lembrar. Mirtes sugeriu que desejava fugir de seu amo e se juntar a nós. Eu gostava da idéia porque estava apaixonado por ambas as mulheres, mas era preciso ouro, muito ouro.

* * *

Coloquei Mirtes a par de nossa situação, de como estávamos exilados, aguardando a hora de voltar para Roma e, principalmente, de como era preciso fortuna para retornar à nossa querida cidade. Ela entendeu ou pelo menos concordou com a idéia de que só nos restava roubar. Estava anunciada a realização da loteria para a terceira luce daquele dia. As apostas seriam altíssimas e todos estariam distraídos com os prêmios. Seria a hora perfeita para apossar-se de alguns valores. Eu não podia me aproximar da casa, por ordem direta do poderoso Hermógenes. Minha próxima prisão no palácio seria punida com a companhia imediata dos tigres famintos, disso eu tinha certeza.

— Não podes ser reconhecido. Precisamos conseguir-te uma identidade nova — foi dizendo Mirtes, enquanto raciocinava. — Iremos três mulheres até o palácio e invadiremos os quartos. Meu patrão também não pode me descobrir. Estou fugitiva.

— E quem será a terceira mulher? — perguntei, ingenuamente.

— Ora, tu. Precisamos de tua segunda maior habilidade: a capacidade de roubar! Vamos! Vestiremos-te como as persas, envolto em panos ninguém te reconhecerá. Os guardas dão passagem para as mulheres até o harém. Dali poderemos chegar a qualquer outro ponto.

* * *

Minhas duas amadas se esmeraram em me transformar. Os cabelos presos alargaram minha testa, antes coberta pelos cachos louros. Açafrão e carvão deram ao meu rosto um tom semelhante ao cobre e os olhos se escureceram também com as tintas certas. Meus quadris adquiriram relevo, envolvidos por uma faixa longa em muitas voltas. O resultado final me pareceu o de uma mulher de insuportável feiúra, mas elas não acharam isso. Rumamos para o palácio quando o sol iniciava seu declínio no mar.

* * *

As mulheres que prestavam serviços ao palácio entravam por uma lateral. Prostitutas, auxiliares de limpeza e cozinha usavam a mesma porta. Era a nossa chance. Os guardas mal me olharam, mas apalparam, entre gargalhadas, as nádegas de Apicula e Mirtes. Percorremos os corredores rapidamente em direção ao salão, reservado ao descanso e preparo das mulheres. Estávamos à porta quando Mirtes quase gritou:

— O nome... Precisamos de um nome para ti... — Estanquei diante da questão que se punha e fui empurrado por duas escravas que carregavam um baú.

— Lunara — falei. — Era o nome de minha mãe.

— Então entra, Lunara — disse Mirtes, sorrindo.

Havia uma centena de mulheres no local. Algumas dormiam, estiradas pelos cantos, sobre tapetes, abraçadas. Outras se lavavam, impudicas, tocando-se e gemendo de prazer ao livrarem suas conas e cus de tanto sêmen variado. Ficamos ali, sem ter muito como agir, e eu só pensava no acesso à sala do tesouro. Resolvi ir até a cozinha. Poderia me misturar às auxiliares e descobrir a tal passagem referida pelo pobre Caetano.

— Bem, vamos combinar aqui mesmo, quando a noite cair inteiramente — falei para as duas. — Vou tentar alguma coisa. Se eu não aparecer, terei voltado para a hospedaria com o ouro ou...

— Estarás morto — completou Mirtes, funesta e realista. Me deu vontade beijar as duas e o fiz.

— Tomem cuidado, minhas filhas — eu disse sorrindo e saí.

* * *

Não foi difícil chegar à cozinha, mas não consegui encontrar nenhuma passagem e ainda fui obrigado a depenar um ganso por ordem do chefe. Aproveitei que as escravas estavam montando, numa longa travessa, as aves cozidas no vinho e me juntei a elas. Logo, em quatro, fomos ao salão servir às mesas. Lá estava o próprio anfitrião, mas eu me sentia seguro em minha caracterização travestida.

— O primeiro sorteio da loteria da Casa de Hermógenes acontece agora. Os que estiverem com as conchas brancas com a pinta vermelha estarão entre os escolhidos — gritava o alardeador. Os convidados haviam recebido conchas com cores variadas e pintadas à mão com outros tons. Esses grupos poderiam receber prêmios ou sofrer vexame, dependendo de sua sorte. Um grupo se apresentou com as tais conchas brancas. Todos riam muito, embalados pelo vinho e pela alegria geral. Trombetas inflamaram o clima do salão com sons estridentes. Uma fileira de mulheres entrou, mãos dadas, envoltas apenas em tiras de seda que revelavam ou escondiam seus seios e vulvas. Era a seleção entre as mais lindas disponíveis, e Apicula estava entre elas. A dúzia de amantes seria distribuída entre os participantes da loteria. Sacos com moedas de ouro e ratos em gaiolas também faziam parte dos prêmios, além de corvos amestrados e outros animais estranhos. A idéia era a de que nem sempre a sorte era bem-vinda. Também tornava tudo mais engraçado. Júlio permanecia ao lado do anfitrião, que não se separava dele nem um instante. Estaria apaixonado pelas nádegas duras de meu amigo? Transitei pelos salões com fluidez, servindo pedaços dos aromáticos gansos, enquanto imaginava como botar a mão no tesouro ou pelo menos numa boa quantidade de ouro.

* * *

O tempo trabalhava contra minhas intenções. Logo todos estariam esfaimados, voltando para suas casas ou dormindo em alguma estalagem. Os salões vazios tornariam o saque ainda mais difícil. A oportunidade não se apresentara, até que vi Apicula sendo levada por Ilídio, amigo íntimo de Hermógenes e dono de grande fortuna, segundo minhas informações. Segui o casal pelos corredores do palácio sem saber que direção tomava, exatamente. Ele não levava ouro consigo, mas minha intuição dizia que talvez... Bem, era apenas uma intuição e a única coisa a que eu poderia me agarrar. Eles ignoraram os quartos usados pelos convidados para o coito. O fedor tomava conta de tais lugares, onde vômito e todo tipo de excremento humano eram expostos pelos pouco criteriosos participantes do festim. Ilídio tomou o rumo da ala mais nobre da casa. Tinha, com certeza, licença do anfitrião para usar o espaço reservado aos íntimos. Acabaram entrando num grande quarto, cujo acesso foi conseguido com sua chave pessoal. Eu estava muito próximo, mas não podia ser visto. Apicula precisava notar-me, para depois abrir a porta. Talvez por ali eu pudesse chegar ao tesouro.

— Apicula — gritei, e eles se voltaram. Eu havia modulado a voz, para que se parecesse o mais possível com a de uma mulher.

— O que se passa? Quem és? — Interrogou-me o arrogante Ilídio.

Gesticulei o recado para a minha querida, como se eu fosse uma camareira louca.

— Apículas, apículas, há apículas no quarto — falei, referindo-me às abelhas, e virei as costas. Meu recado estava dado. Ele, felizmente, tomou-me por uma doida. Agarrou Apicula pelo braço e, entrando no quarto, fechou a porta. Só me restava aguardar. Era uma aposta. Esperei bastante, enquanto outros homens passavam com suas companhias e eu fingia estar limpando alguma peça, entre as diversas esculturas que adornavam o longo corredor. Havia uma de Príapo, com sua longa "bengala" entre as pernas. Prometi-lhe uma oferenda se me ajudasse naquele momento importante. Finalmente, Apicula abriu a porta e entrei. Ilídio dormia, roncando como um besouro gigante. Ela deve ter lhe exaurido as forças. O quarto, enorme, tinha duas janelas. Uma delas dava para o pátio principal, onde eu enfrentara o gladiador, e a outra para um pátio menor, sobre o qual se abriam duas outras janelas. Era uma altura razoável, mas eu não tinha saída: pulei para dentro dele e espiei pelas janelas, pendurado. Se fosse apanhado naquela situação, seria executado imediatamente. Num dos quartos dormiam dois casais, nus, após o coito. No seguinte, ninguém. Pulei para dentro deste. Estava vazio, mas havia duas portas. Uma trancada e outra não. Abria-se para um ambiente grande e escuro, sem janelas. Não era a sala do tesouro, mas guardava vários sacos de couro, espalhados pelo piso de pedra. Fui abrindo-os com a faca. Eram pertences dos convidados mais íntimos, aqueles que permaneceriam no palácio depois da festa. Muitas roupas, algumas armas e, finalmente, ouro — moedas de diversos reinos, mas todas de ouro. Sôfrego, fui abrindo os sacos. Eram dezenas e logo eu juntara um pesado fardo, dourado e brilhante. Amarrei em minhas coxas, sob a saia comprida, todo o produto do roubo e comecei a empreender a viagem de volta. Consegui sair do palácio, mancando pelo mau jeito ao pular da janela, mas encontrei forças para esconder o saque junto com os tecidos que havíamos deixado próximo à estrada.

* * *

Ao amanhecer chegaram Apicula e Mirtes, mas Júlio não retornou. Expliquei sobre o ouro escondido e manifestei minha ansiedade. Se os pilhados reclamassem com Hermógenes e uma investigação mínima ocorresse, poderiam vir em nosso encalço. O mais sensato era fugir. Mas todos estavam de acordo que Júlio deveria estar conosco.

— Se o ouro está escondido, não há o que temer — argumentou Mirtes. — Como poderão provar que foste o autor?

— Já fui pego roubando, e só estou aqui, vivo, por tua esperteza, desequilibrando a luta...

— Meu dono pode estar me procurando. Será que ele pode vir até aqui?

Apicula apenas nos olhava, com seus olhos grandes e curiosos.

— Precisamos fugir — eu insisti, cheio de temor. Os olhos insondáveis do tigre me vinham à mente. Os mesmos que habitavam meus pesadelos na cela.

— E se eu voltar ao palácio para buscar Júlio?

— Teu proprietário pode te surpreender — falei, notando como estava envolvido com ela. Eram minhas mulheres, minhas mercadorias e parceiras. — Mas talvez Apicula possa ir...

— Mas Apicula não fala.

— Júlio, assim como eu, a compreende.

Imediatamente compus a mímica para que a escrava voltasse ao palácio e convocasse nosso amigo. Logo ela partiu. Deitei e Mirtes veio me acariciar. Tudo o que ela tinha feito na vida fora arrancar o prazer de homens. Fazia isso por vocação e função, mas também por desejo. Despiu-me e me lambeu, como um cão lambe o sal na pedra, cheio de voracidade. Encaixados, fomos colocando em ação a máquina do amor. O sol que entrava pelas frestas trazia luz e calor que provocavam o suor em nossos corpos. A destilação do vinho e as horas de terror que eu enfrentara, no cárcere e na arena, me fizeram relaxar, relaxar...

— Oh, Mirtes, amada — gemi em seu ouvido.

Estava naquele estado de sonolência, entre o sonho e a realidade, quando entraram Júlio e Apicula. Na verdade, invadiram o quarto, estrepitosos, arrancando-nos do doce langor.

— Não sei o que faremos, Percênio — quase gritou o amante de Hermógenes, me chamando pelo nome que apenas ele e uns poucos mais conheciam. — Estão na caça do ladrão que carregou o ouro dos convidados. Pensei que tu deves ser o procurado.

— Quem mais, Júlio? Não que Roma não esteja infesta-
da de ladrões de todos os tipos, mas poucos ousam invadir
o covil dos ricos — repliquei, com certo orgulho, é verdade,
mas também cheio de temor dos tigres de Hermógenes.

— E o que faremos? — insistiu Júlio.

— Vamos sumir daqui, antes que nos localizem, e eles
conhecem o caminho — resumi, erguendo-me e vestindo a
camisa. Bati palmas para animar todos a se mexerem.
Notei que apenas meu amigo hesitava. Eram claras as
razões.

— Estás pesando a oportunidade de continuar na cama
de Hermógenes? Não te julgo errado. Se ele gosta de teu
cu, por que não acabar de vez com todos os problemas?
Ele não respondeu nada. Eu tinha razão.

— Ser-te-ão vedadas aventuras, mas terás o conforto
garantido. O que pode acontecer de pior é que ele se canse
de ti e te expulse de casa. Mas não creio que o fará. Ficarás,
no máximo, deixado à deriva, dentro do palácio, mas sempre com o teto e a mesa.

— Queres que eu o abandone, porque o quadro que
pintas é terrível — replicou Júlio.

— Nem tanto...

— Pouco nos conhecemos, Júlio, mas posso te dar meu
testemunho — intrometeu-se Mirtes na conversa. —
Assim como eu, teu atributo é a beleza, amigo. Como o
meu dono a mim, ele te quer para satisfazer o seu desejo

amoroso. Serás pouco mais do que o seu cavalo predileto, que também lhe satisfaz outros apelos da alma — foi falando Mirtes enquanto eu me surpreendia com sua eloqüência. — A aventura é melhor. Estou hoje fugindo com teu amigo por paixão, mas ele não é meu dono. Vem conosco e não te arrependerás... Ou, se te arrependeres, terá sido mais divertido.

— Estou convencido — falou meu amigo e abraçou Mirtes. Bati palmas novamente. Urgia sumir dali.

* * *

Ao encerrar nossa temporada na pousada, paguei em ouro além do que devíamos a Gian. Ele sorriu contente, então solicitei que informasse a algum possível inquisidor que nossa saída acontecera muitas horas antes.

Estávamos apenas na curva da estrada, visível à distância de nosso pouso, e ouvimos os cavalos da guarda pessoal de Hermógenes chegando pela via contrária. Invadiram a pousada quando entrávamos na floresta. Seria extremamente fácil nos apanharem com a cavalaria. Convoquei nosso grupo a sair da trilha e buscar refúgio entre as árvores. Caía a tarde.

— Sem um transporte, seremos apanhados — falei, depois que nos sentimos seguros entre as sombras da mata.

— O único que pode circular na cidade sem ser preso és tu,

Júlio. Vai até lá com esta bolsa de ouro e arruma um meio de fugirmos rápido. Nós nos encarregaremos de apanhar o ouro e os tecidos. Nosso encontro será aqui, quando o dia amanhecer. Terás toda a noite, mas não falhes — eu disse, jogando sobre ele a responsabilidade de nossa sorte.

* * *

Eu, Apicula e Mirtes nos esgueiramos pela orla do bosque, evitando a luz do luar, numa longa e cansativa caminhada até o local onde eu e Júlio havíamos escondido as finas peças de Hermógenes. Sugeri que elas me aguardassem, mas, solidárias, me acompanharam. A lua era alta e distante quando chegamos ao arvoredo assinalado. Cavei, descobrindo o fosso com meu punhal, e quando retirei as peças caí, exausto. Elas abriram o fardo e expuseram as sedas de estamparias chinesas. Mirtes envolveu-se com uma delas e bailou entre as sombras. Apicula imitou-a. Ofegante, fui sendo seduzido por aquela visão divina. Invoquei o nome de Vênus para que se despissem, pedi que só permanecessem sobre suas peles os artísticos panos, e assim fizeram. A branca Mirtes e a negra Apicula, embrulhadas assim, me fizeram recuperar as forças. Levantei e corri para a minha querida escrava. Ela se abraçou a um tronco de nogueira e ergueu a seda até o ponto em que as nádegas ficaram à mostra. Quintessência do desejo. Ajoelhado diante daquele altar, enfiei minha língua em sua vulva exposta e me esmerei em saboreá-la. "Ó, Eros, seu devoto agradece", pensei. Não demorou para que ela espirrasse seu líquido em meu rosto. Fiquei de pé e a penetrei. Nossos gemidos se misturavam aos ruídos dos animais do bosque. Éramos animais do bosque, naquele momento sem outro lar mais acolhedor. Encharquei sua cona, indo contra meus princípios de evitar uma gravidez. Ao voltar-me, vi Mirtes com os dedos entre os lábios da vulva, acariciando-se sentada num tronco caído. Não podia abandoná-la e avancei à sua frente oferecendo meu falo a ser ressuscitado. Ela não o recusou. Lambeu-o de cima a baixo até que se apresentasse. Ajoelhei aos pés de Mirtes e mergulhei entre suas coxas, possuindo-a pela boca. Depois a penetrei e rolamos entre folhas úmidas caídas no bosque. Exaustos, adormecemos, os três.

* * *

Os raios de sol acordaram Apicula antes de mim, e ela me sacudiu, e eu a Mirtes, ao meu lado. O atraso era grande para retornarmos ao ponto de encontro. A carga de peças foi distribuída entre seis mãos e nos pusemos a caminho, esfomeados, mas descansados. Um ruído de patas nos fez mergulhar entre os arbustos para assistir passarem os cavaleiros apressados. Nossos caçadores? Quando chegamos à entrada da floresta, Júlio estava lá, apreensivo.

— Tua fuga te condenou, no parecer de Hermógenes.
Mas argumentei que o que roubavas era uma bela mulher,
que tinha dono. Não pareceu acreditar, mas como estive na
cama com ele, acha que ficarei ao seu lado. Quase tive pena
dele, quando saí cedo. Dormia profundamente.

Júlio falava aos trancos, ainda afastando sua dúvida
sobre o próprio destino.

— Mas, e o transporte? Tua única missão...

— É impossível alugar um transporte seguro por terra,
mas consegui um pequeno veleiro que nos levará ao anoitecer.

— Ainda ficaremos por aqui um dia inteiro?

— É mais seguro do que se expor à luz do sol.

— Então, terás de conseguir o que comermos, senão...

— E água fresca — completou Mirtes.

— E cuidado ao voltar, para que não sejas seguido —
disse eu ainda.

— Sim, sim, terei cuidado, e parto logo porque preciso
ir ao palácio mais tarde, com uma boa desculpa, antes da
fuga à noite.

Estávamos condenados a permanecermos como animais da floresta. Era preciso nos acostumar.

* * *

O dia foi longo, mas Júlio nos trouxe porco assado e vinho, além de água. Antes do cair da noite vivemos um susto, quando cavaleiros passaram pela estrada várias vezes nos dois sentidos. Buscavam-nos, com certeza, mas era quase impossível encontrar alguém escondido no mato. Fomos salvos pela falta de cães de caça. Anoiteceu e Júlio voltou com dois cavalos. Cada um de nós levou uma das mulheres. Mirtes montou dando as costas para mim, e não deixei de beijar seu belo pescoço durante o caminho. Não podíamos embarcar no porto da cidade. O veleiro nos apanharia numa encosta adiante. A orla deserta e escura não deixava de ser bela e assustadora, com o bramido do mar invadindo nossos sentidos. Fazia frio e avistamos o veleiro ao largo, com seu lampião aceso. Mas ele não podia se aproximar da praia, correndo o risco de encalhar. Era preciso ir até lá, num escaler que o marinheiro contratado deixara ali. Mas não conseguíamos vê-lo. Uma longa e angustiante procura entre os arbustos além da areia se iniciou. Mirtes achou o pequeno barco e um par de remos. Eu e Júlio arrastamo-lo com esforços brutais, mas empurrados pela esperança. Ao fim, conseguimos vencer as ondas fortes da arrebentação e trazer as mulheres para bordo. Outra determinação foi necessária para chegar até o veleiro, devido ao movimento do mar contra a direção que imprimíamos aos remos. Fomos recebidos por Lúcio, o marinheiro contratado. Vi seus olhos crescerem sobre os volumes, e depois sua turva máscara de cordialidade com as mulheres. Desejou-as de imediato, o que não era condenável, desde que não se tornasse perigoso por esse sentimento. O barco era pequeno, de um único velame, sem área coberta, além de um toldo improvisado com palmas secas. Toda a luz era de um lampião de óleo de peixe, cuja chama bruxuleava com o vento. Recolhida a âncora, partimos, balançando. Apesar do frio, embrulhados nas finas sedas, as mulheres adormeceram e Júlio também. Eu lutava contra o sono, envenenado pela suspeita. Quanto a Lúcio, era um romano robusto, de rosto vincado por várias cicatrizes, que indicavam as tretas em que já havia se envolvido. Via o sono ganhando a luta contra a minha vigília e mudava de posição, para evitá-lo. O marinheiro se mantinha de costas para mim, olhando apenas à frente o mar escuro, que a proa ia cortando em movimentos verticais, para cima e para baixo, para cima... Acordei com o grito de Júlio. Percebi a sombra de Lúcio retirando o gládio ensangüentado de seu peito, e ia golpeá-lo novamente, mas agarrei as pernas do agressor e o fiz cair sobre o fundo do barco. Saquei o punhal que trazia junto à cintura, mas antes de qualquer reação, senti a lâmina entrando em minha perna; ia infligir-me o ataque fatal no peito. Mirtes, atenta ao nosso confronto mortal, o golpeou na cabeça com o lampião. Salvava minha vida pela segunda vez. O homem era muito forte e o choque não o liquidou, mas seus gritos e movimentos bêbados indicavam que estava ferido. Era preciso abatê-lo, com urgência. Em três dias eu era obrigado a matar pela segunda vez. Enfiei o punhal em sua virilha e depois em seu rosto, mas mesmo desnorteado, ele não desabou. Enfiado entre suas pernas, ergui-o no ar e me inclinei para jogá-lo na água. Todo o seu corpo pendeu para além da amurada, mas, apesar de ferido, ele cruzou as pernas em meu pescoço, levando-me a reboque. A embarcação se inclinou, enquanto eu sufocava com seu titânico esforço. Enterrei o punhal entre suas coxas. Ele gritou e me soltou, mergulhando nas vagas do oceano. Maldito Lúcio! Como eu imaginara, esperou nosso sono. Se me atacasse primeiro, talvez alcançasse sucesso. Júlio agonizava com a ferida profunda que o miserável lhe infligira. Eu nada entendia de barcos e achei melhor baixar a vela. Amanhecia.

* * *

Permanecemos por algum tempo à deriva, com o barco ensangüentado pelo pobre Júlio, que se esvaía, sem aparente possibilidade de salvação. Amarrei um torniquete de seda sobre sua barriga, onde Lúcio o golpeara. Imaginávamos que ele não resistiria a ser levado para a margem no escaler. Além do quê, em terra, nenhuma ajuda o aguardava. Estávamos diante de uma inóspita costa deserta. Era preciso reagir, mas estávamos exaustos e abatidos em nossa confiança com a má sorte de Júlio. Se tivesse ficado nos braços de Hermógenes, estaria vivo e com saúde. Vagávamos próximos à orla, mas as ondas da arrebentação nos impediam uma aproximação segura, a menos que arriscássemos um naufrágio. Pensei que seria uma saída. Experimentei o leme para aprender que direção cada posição indicava e então fui navegando para a praia. Quando ele entrou na corrente fomos levados rapidamente em direção à areia e encalhamos. Retirei nosso pequeno tesouro, depois Júlio nos braços; as mulheres vieram por si. O lugar era inóspito e sem vegetação. Apenas areia e pedras. Com material do barco, improvisei uma barraca. Ali ficaram eles e parti, com uma bolsa cheia de moedas de ouro, em busca de ajuda.

* * *

Caminhei bastante até encontrar o que parecia ser uma trilha, com o chão marcado por rodas de carreta. Segui por ela, caminhando até o anoitecer. Lutei contra o desespero. Poderia simplesmente morrer ali, abandonado, esfomeado e triste. Implorei aos deuses por uma chance. Finalmente, adormeci na beira do caminho. A luz do amanhecer me jogou novamente na realidade áspera. Mas persisti caminhando e, depois de contornar uma colina, avistei um pomar de maçãs maduras. Corri para as árvores, trôpego, e avancei sobre os frutos. Devorei vários, tão rápido que a barriga doeu, mas a fome me empurrava para o excesso. Estava sentado no chão, distraído em minha faina, quando senti e ouvi patas de cavalo se aproximando. Levantei os olhos e um arqueiro montado sustinha a seta apontada em minha direção.

— As maçãs têm dono — disse, muito sério.

— Pago por elas — retruquei. — Meu barco encalhou aqui perto e não como há dias.

— Não há água próxima onde se possa encalhar.

— Bem, eu caminhei um dia inteiro e preciso voltar. Deixei pessoas me esperando. Uma delas muito doente. Ele apenas me olhava, como se eu fosse um louco. Resolvi correr o risco de mostrar o ouro. Abri a bolsa e tirei duas moedas.

— Pago pelas maçãs e pela ajuda.

Aproximou-se, ainda montado, e inclinou-se para apanhar as moedas. Olhou-as, devagar. O metal dourado reluziu sob o sol matinal.

*   *   *

Meu retorno, com um carroção, alimentos e roupas, encontrou as pobres mulheres muito tristes e desesperadas. O cadáver de Júlio cheirava mal e elas tinham fome e sede.

Fiz com que deitassem no estrado do veículo depois que beberam a água fresca e se alimentassem com maçãs de Eugênio, o proprietário das terras onde fui resgatado. Uma cova na areia abrigou o corpo de meu pobre amigo. Ciprião, o servo de Eugênio que conduzia o carroção, viu o barco abandonado ao sabor dos ventos e do mar. Era minha testemunha, diante de seu patrão, de que não éramos bandidos perdidos em alguma aventura. Contraversão próxima da verdade. A noite seguinte, passamos na casa de Eugênio, que se encantou com a beleza de Mirtes, como de costume acontecia com os homens. Apicula agradava paladares mais extravagantes. Logo que fiquei só com as duas, fiz um resumo de nossa situação.

— Precisamos agir como no teatro, tanto aqui quanto em Roma, para criar uma origem para nossa pequena fortuna — expliquei. — Daqui em diante, Mirtes, tu serás apresentada como minha esposa.

— Aceito — ela replicou, sorrindo.

— E tu, Apicula, serás nossa serva, mas apenas para manter as aparências. Em verdade, somos três amigos e amantes, está certo?

Elas se aproximaram e nos abraçamos.

— Precisamos de uma história, um passado... Pensei nisto: seremos um comerciante e sua família que, após um ataque de tribos bárbaras, fugiram para Roma com algum ouro que haviam guardado. Manteremos nossos nomes e vamos nos estabelecer com um negócio no qual ainda não pensei.

— E de onde viemos, meu marido?

— Boa pergunta. Viemos de Tarento. É longe o suficiente para que ninguém tenha muita informação. Tu, Mirtes, deves ter cuidado com as palavras, afinal Apicula não fala.

Ela fez uma cara séria, de quem está ciente de sua responsabilidade.

Estávamos a três dias de viagem de Roma, e precisei comprar o carroção de Eugênio por muito mais do que ele valia, mas era a única saída. Planejei nossa viagem para a manhã do dia seguinte. Mas tivemos uma surpresa logo que caiu a noite. Ciprião, o servo, veio me falar. Queria vir conosco para Roma. Conduziria o veículo e cuidaria dos animais em troca da viagem. Mais um homem numa empreitada como aquela, por terras desconhecidas, para mim era uma boa proposta. Aceitei, mas com a condição de que viesse como servo e ganhando por isso, para acatar ordens sem discussão. Agradeceu-me muito.

* * *

Ao amanhecer nos colocamos no carroção. Ciprião tomou as rédeas e íamos pegar a trilha, mas avisei que faríamos uma despedida de Eugênio, que morava na casa principal, um tanto distante de onde ficamos hospedados. Ciprião fez uma careta e adivinhei o que se passava.

— Ele não sabe que tu vais conosco?

— Não. Nem quer que eu vá. Tentará me impedir.

— Deves alguma coisa a ele?

— Não, nada.

— Então, não temas.

Pusemo-nos sobre o carroção e avançamos até a casa. Ali gritei por Eugênio, que, depois de um tempo, apareceu na porta.

— Vais levando meu escravo? — falou, quando viu o servo aboletado no comando do veículo.

— Ele se diz liberto — respondi, firme.

— Paguei caro por sua posse...

— O que dizes? — perguntei, voltando-me para Ciprião.

— Foi acordado que eu ajudaria até pagar, e já paguei.

— Depende de quem faz as contas — replicou Eugênio.

Ciprião calou-se.

Se assim se dá, adianto um valor por ele — falei. — Passa a ser meu servo.

Abri a bolsa e estendi duas moedas de ouro.

— É pouco — disse o patrão.

— É o que ofereço. Isso ou nada.

Eugênio estendeu a mão aceitando as moedas, temeroso de perder tudo.

— Adiante — gritei, e Ciprião pôs os animais em movimento.

* * *

Meu retorno a Roma, se não foi o de um imperador após conquistas em regiões distantes, representou uma vitória contra a miséria crônica de minha vida. Havia a lastimar a morte de Júlio, mas me consolei acreditando que ele me incentivaria a continuar.

Alugamos duas peças na parte de cima de uma pequena edificação, ao lado do rio Tibre. Eu e as mulheres ocupamos um quarto onde havia uma cama, apenas. Ciprião ficava no primeiro aposento, que também nos servia de área de serviço. Era preciso produzir riqueza para que nossa pequena fortuna não se esvaísse rapidamente. O comércio de mulheres estava saturado naqueles dias, com muita oferta. Em cada quarteirão, nos locais mais suspeitos, havia um lupanar, isso sem falar na prostituição que não se assumia: mulheres casadas que recebiam amantes pagadores à tarde, enquanto seus maridos suavam no ganha-pão. Fui às casas de banho, tentar alguns contatos que pudessem render clientes. Mas tudo estava muito difícil. Foi a sorte, ou o azar, dependendo de como se avalie o futuro que daí se espraiou, que fez com que eu encontrasse Volpiano, um ex-centurião, assim como eu. Por muito pouco não fora crucificado quando participou de uma campanha na África. Sujeito capaz de qualquer coisa por ouro, ele era um eficiente agitador e eu conhecia seus limites e perigos. Volpiano queria montar, assim como eu, um negócio de diversões. Mas sua especialidade eram os gladiadores. Um pequeno circo com dez homens e vinte escravos poderia render um bom dinheiro em pequenos povoados. Ele achava que mulheres poderiam completar o leque de atrações. O espetáculo de sangue inspiraria a volúpia, segundo ele. Mas ele só contava com os lutadores, alguns oriundos do Exército, outros das ruas de Roma. A escória, com certeza. Os escravos precisariam ser comprados, para serem mortos em combate. Os que vencessem ganhariam a liberdade. Bebendo vinho num calor infernal de fim de tarde, fizemos as contas. Precisaríamos de umas cinqüenta moedas de ouro para botar o negócio em funcionamento. O retorno era quase certo.

Bem, alguma coisa sempre pode dar errado.

* * *

Volpiano era um gigante, não só grande como forte. Um tipo assustador. Mirtes e Apicula olharam para ele como quem observa uma fera enjaulada, isso porque julgavam que eu o pudesse conter contra qualquer arroubo. Era nosso novo parceiro. Ele se encarregaria de arrecadar os homens e treiná-los. Eu conseguiria mais algumas prostitutas e fundaríamos o nosso circo numa primeira viagem a uma vila, nas cercanias de Roma. Havia lá um pequeno coliseu para quinhentos visitantes. Se cobrássemos dez asses pelo ingresso para as atrações do dia, teríamos um excelente lucro. Fomos ao campo de treinamento de Volpiano, no subúrbio, numa paisagem desolada e quente. Os homens que lutariam em nosso negócio eram, quase todos, vítimas marcadas pelo combate. Havia pelo menos dois sem um dos braços, cegos de um olho, e até um que perdera ambas as pernas, exemplo de gladiador aguerrido. Era quase hilário, mas Volpiano me garantia que as contendas seriam emocionantes. Eles receberiam cem asses por luta, mais a alimentação e o vinho após o espetáculo. Resolvi apostar no negócio e segui buscando outras mulheres que pudessem completar nosso grupo de prostitutas.

* * *

O primeiro espetáculo foi marcado para dali a dez dias. Eu tinha mais três novas mulheres a oferecer aos nossos convidados. Nenhuma se comparava a Mirtes, nem sequer a Apicula. Eram cansadas, esquecidas da sorte que viviam em busca de qualquer oportunidade, mas por isso mesmo não queriam arrancar minha pequena e decrescente fortuna.

* * *

O coliseu de subúrbio era de troncos amarrados e fedia a sangue, urina e vinho barato. Cheguei com as mulheres. Os escravos e gladiadores já estavam a postos, dentro de suas jaulas. O público ainda era pequeno e Volpiano ficou nervoso com a pouca divulgação do evento. Resolvemos fazer um passeio pelas ruelas, mostrando as atrações. À frente da caravana, mandei Mirtes, seminua sobre uma biga. Logo depois alguns gladiadores, selecionados entre os de melhor aparência, com Volpiano à frente. Dois músicos com seus bumbos e flautas fechavam o desfile, enchendo a cidade de sons nervosos. As pessoas foram saindo à rua, olhando o alvoroço que provocamos. Alguns curiosos seguiram o cordão, gritando por sangue. Quando a terceira luce caía, tínhamos algum público pagante e, fazendo as contas, concluí que não teríamos prejuízo. As prostitutas não foram procuradas enquanto as lutas ocorriam. O próprio Volpiano matou dois escravos na arena para abrir a noite, depois fomos empurrando outras atrações. O gladiador sem pernas entrou para lutar com um escravo frígio que, apesar da insuficiência de seu adversário, estava amedrontado. Foi morto logo, levando a multidão ao delírio. O cheiro forte de sangue dominava o ar e o público queria mais. Encerramos o espetáculo com dois gladiadores, sendo um deles cego e o outro maneta, lutando contra três escravos. Estes foram mortos, rapidamente, talvez por não acreditarem em si mesmos. Estavam com as mesmas armas de seus carrascos, mas não tinham a prática e a ferocidade dos homens de Volpiano. Após o fim dos confrontos, houve uma comemoração na arena e distribuí vinho aos vencedores. Também paguei alguns asses para que as minhas prostitutas dançassem nuas entre os homens. Poupei Mirtes e Apicula do constrangimento.

* * *

Minha associação com Volpiano se constituía num negócio, não dos mais rentáveis, mas numa atividade possível. Nosso segundo evento aconteceu nos arredores de Nápoles, a cinco dias de viagem de Roma. O pequeno coliseu era semelhante ao outro, composto de grossas toras e com capacidade de público semelhante. Aprendendo com a experiência, fizemos um desfile de apresentação de nossos gladiadores e das beldades. Ovações saudaram a beleza de Mirtes. Pouco antes de começar o espetáculo, as arquibancadas estavam lotadas de pagantes. Tínhamos apenas dez escravos para sacrificar e pedi aos gladiadores que não tivessem pressa em os liquidar. Tratavam-me pelo nome, assim como eu a eles. Abílio era o que não tinha ambas as pernas. Utilizava o chicote e o gládio com extraordinária capacidade. Derrubava o adversário com a primeira arma e o matava com a segunda. Um zarolho tinha o exato apelido de Malvê, mas também era um feroz combatente com o gládio e a clava. A tarde correu como era de se esperar até quase o final, quando resolvemos encerrar com vários lutadores na arena ao mesmo tempo. Entraram três escravos e três gladiadores. O público não era informado sobre aqueles que eram ou não profissionais. Todos entravam com armas e escudos semelhantes. Mas nesse último confronto aconteceu uma surpresa. Um dos escravos, que depois eu soube chamar-se Zuário, utilizou uma tática suja, mas eficiente. Enquanto dava combate a um dos gladiadores, voltou-se, veloz, e cravou o gládio no pescoço de um segundo. O atingido abrandava o confronto contra um dos escravos, conforme minha recomendação. Foi morto pelas costas, desequilibrando o combate. Ficaram, então, três contra dois. Zuário matou um segundo gladiador, enquanto o terceiro executou um dos escravos que o atacava. Ficaram dois contra este, que foi abatido por Zuário. O final surpreendente foi entre dois escravos. Eles lançaram os gládios no chão, terminando a contenda. Havia em torno quatro mortos. Volpiano estava pronto para lançar mais dois gladiadores para a arena, mas eu não permiti. Como um imperador, ordenei que apenas um saísse com vida da arena, mas este seria livre e, se aceitasse a oferta, meu gladiador. Eles retomaram as armas. Zuário matou seu companheiro de infortúnio no segundo ataque.

* * *

Fui forçado a confrontar Volpiano, que relutava em aceitar o ex-escravo entre nossas atrações. Mas como o circo não se sustentava sem mim, acabou por ceder. Eu me aproximei de Zuário, que era um negro persa. Fora soldado mercenário, capturado por César e feito escravo. Apesar de suas dificuldades na articulação das palavras, percebeu que eu salvara sua vida e me pagou com fidelidade. Resolvi nomeá-lo meu guarda-costas, porque não confiava totalmente nem em Volpiano nem em seus homens. O certo é que retornamos de Nápoles com a bolsa cheia. Aluguei a parte baixa da casa onde vivíamos e investi mais em nossos espetáculos, contratando outro músico e outras mulheres. Aproveitei as sedas que havíamos roubado de Hermógenes e vesti, ricamente, as novas prostitutas. Nosso desfile, em cada lugar onde nos apresentávamos, era, a cada dia mais, uma homenagem a Eros. Preparamos uma tenda para que as mulheres pudessem receber seus clientes. A comissão sobre os pagamentos das prostitutas aumentava sempre. Tudo ia bem até nossa ida à Córsega. Repetimos os mesmos rituais e Mirtes estava linda, como sempre. Envolvida em manto de seda, seu corpo nu sobre a biga era puro deslumbramento. Passamos diante da casa do cavalheiro Sculpiatto, que nem sequer sabíamos ser o homem mais poderoso da ilha. Ele estava diante de seu palácio enorme, casualmente, e viu Mirtes. O homem encantou-se, soubemos depois. Logo que o espetáculo terminou, durante a festa dos gladiadores, que se tornara uma tradição, fui procurado por um homem sério. Apresentou-se como Aarão, um hebreu a serviço de Sculpiatto.

— Meu senhor enviou-me para fechar negócio sobre uma de suas escravas, que ele deseja que faça parte de sua reserva — disse, sem piscar.

— Não tenho escravas entre as mulheres. São heteras — falei para valorizar as prostitutas que trouxera —, mas se o cavalheiro indicar qual delas o agradou especialmente, poderia transmitir sua mensagem e, talvez, cheguemos a um acordo.

O emissário do poderoso da Córsega adiantou-se até a tenda das mulheres e entrou, sem se anunciar ou pedir licença. Elas estavam seminuas, sorridentes pela ingestão de vinho, mas Aarão cruzou por todas e foi até Mirtes, que contabilizava o que havia sido arrecadado. Agarrou-a pelo braço e a ergueu.

— O cavalheiro deseja esta. Quanto vai custar?

Avancei em seu braço e o fiz largar Mirtes.

— Esta não está à venda.

Ele me olhou como se minhas palavras fossem heresia.

— Ela desfilou nua! — denunciou ele.

— Ela é minha esposa — retruquei, quase perdendo a tranqüilidade, mas consciente de que estávamos longe de casa.

O homem pegou meu braço e me arrastou para fora da barraca.

— Estais na Córsega. Aqui, Sculpiatto manda! Ignorais? Nenhum de vós sairá com vida da ilha, se ele não quiser... Seu exército particular possui quinhentos homens. Quanto quer por sua melhor prostituta?

— Cem moedas de ouro — assenti, diante do argumento irrefutável.

— Aceite trinta moedas e será um homem de sorte!

— Por cinqüenta, seu patrão a levará, sem gladiadores revoltados incendiando tudo — rebati. Ele não tinha como comprovar minha afirmação.

— Está bem. Levo-a. Um servo lhe trará o pagamento.

— Será contra a entrega.

— Que seja, voltarei antes da terceira luce — disse o hebreu e voltou-me as costas.

Chamei Mirtes e expliquei o ocorrido. Suas lágrimas rolaram. Parecia-lhe natural que eu a tivesse vendido. Abracei-a. Eu a amava, mas não era tolo.

— Serás levada para o palácio. Nós fingiremos partir, mas aguardaremos o anoitecer para te buscar. Ficarei em terra com alguns homens de confiança. O que ele vai pagar por ti é muito mais do que ganhamos aqui. Será um bom negócio.

— E se formos pegos?

— Pereceremos. Mas isso não vai acontecer.

Ela me abraçou forte.

* * *

Contei para Volpiano e Zuário meu plano. Ofereci uma moeda de ouro para cada gladiador no resgate. Volpiano foi contra. Queria abandonar Mirtes. Não podia obrigá-lo, mas forcei-o a aguardar, ao largo, até o dia amanhecer. Um escaler ficaria em terra, para que pudéssemos chegar até ele. Quatro gladiadores, mais eu e Zuário, formamos o grupo que resgataria Mirtes.

O tal Sculpiatto cumpriu sua palavra e enviou o ouro. Simulamos nossa partida e logo que a cidade sumiu de nossa vista ancoramos e desci com meus cinco auxiliares. A noite caía.

* * *

— Fui levada diretamente para a área íntima do palácio e encaminhada a um quarto ricamente mobiliado. Sobre a cama haviam estendido um vestido de seda, quase transparente. A serva que me conduziu me informou que eu poderia banhar-me numa pequena piscina vazada no mármore,

86

enquanto Sculpiatto não vinha. O traje era para mim. O nome de meu novo dono me soava familiar, mas só o reconheci quando chegou — disse Mirtes, enquanto caminhávamos depressa até a praia. — Ele, Sculpiatto, era amigo de Gian, meu marido... Bem... Meu proprietário. Seus olhos sempre me devoraram, apaixonados. Mas não podia sonhar em me possuir. Quando apareceu a oportunidade, ele não a perdeu... Teria pagado até mais...

— Mas como... — interrompi-a.

— Vou contar — continuou ela, diante de minha pressa. — Ele me beijou as mãos, o rosto, os seios, apalpou-me, mas não havia potência em seu pênis. Agarrei-o, então...

Neste momento, interrompi a narrativa de Mirtes. Os gladiadores que caminhavam conosco na escuridão ouviam e isso os excitava, é claro.

— Caminhai à frente, eu e Mirtes iremos um pouco depois.

Agarrei o braço de minha amada e aguardamos o avanço dos homens.

— Continua.

— Ele não estava abençoado por Príapo. Agarrei-o e o fiz gritar de prazer, Heliodoro... E sabes como sei fazer isso. Eu precisava que ele desmaiasse para poder fugir. Mas ele resistia. Bebemos vinho e o agarrei, novamente, então ele desmaiou e fugi. Bem, saí do quarto. O palácio é muito bem guardado e contei as portas que ultrapassei na ida. Foram oito. Em todas havia um guarda. Como passaria por elas fugindo? Só havia um caminho. Eu precisava de um guerreiro que me tirasse dali! A narrativa de Mirtes me surpreendia e sou obrigado a admitir que me enciumava. Logo a mim!

— Eu estava quase nua, vestida com a seda fina. Mas apanhei a capa que agora visto e coloquei sobre os ombros. Percorri os corredores, esperando que a sorte e Vênus viessem em meu auxílio, para que eu pudesse retornar para ti, ó meu amante querido... Então, saindo de uma das tantas portas que o corredor ligava, dei com um homem que me pareceu ter decisão. Eu não estava enganada. Olhei-o e disse-lhe: ajuda-me a sair daqui e serei tua! Era magro, musculoso e de olhar penetrante...

— Poupa-me da descrição física do teu amante casual — falei, sem conseguir me conter.

— Bem, me levou para um quarto da guarda e me sugou o cu...

— Chega!

— ... Com a voracidade que faltou ao seu patrão, depois disse que ao me ajudar corria o risco de perder a vida, mas ajudou. Abriu todas as portas e, antes de me deixar, disse que ao amanhecer uma tropa sairia em meu encalço, e então ele nada mais poderia fazer.

— Antes do amanhecer, estaremos em mar alto... — retruquei, doído de ciúme.

* * *

Levamos dois dias para atravessar o mar até Roma. O mau tempo nos obrigou a descer velas duas vezes. Nosso coração batia forte nesses momentos, imaginando uma nau de Sculpiatto apontando no horizonte. Em casa, reunimos nosso ouro e pensamos em como fazê-lo multiplicar. Eu estava perto de me tornar um homem rico, e isso traria outro tipo de preocupação. Decidi que Mirtes e Apicula, que continuavam a me devotar os mais fervorosos carinhos, não mais participariam dos desfiles com as outras mulheres. Eu queria evitar o que ocorrera na Córsega. Mirtes sugeriu que abríssemos nosso próprio prostíbulo. Ela cuidaria dos negócios, na parte das mulheres, e eu do que tocasse aos clientes. Havia uma boa casa, próxima a nossa, que serviria para abrigar o negócio. Gostei da idéia e planejamos melhor. Precisaríamos de um elenco de prostitutas bonitas, além de rapazes. Sim, Mirtes defendia a idéia de que a casa de amores oferecesse atrações para uma clientela mista, assim como oferta diversificada. Sugeriu que trouxéssemos jovens para serem treinadas por ela. Em seu pensamento estava o próprio serviço de atendimento a Nero, o imperador, que segundo ela soube costumava contratar, mas não pagar... Valia pelo prestígio que o cliente daria ao prostíbulo... Nos dias seguintes, Mirtes comprou dez escravas escolhidas nos detalhes. Elas foram desnudadas e cada dobra de suas peles foi examinada. Marcas horríveis desfiguravam maravilhosos quadris ou colos e isso comprometia o padrão que minha sócia desejava. Mas as dez que ela trouxe para a nova casa eram adoráveis. Seis delas não falavam latim, assim como Apicula. Mirtes defendeu a idéia de ensinar a estas algumas palavras básicas. Os clientes as valorizariam e nosso ganho aumentaria. A cada dia eu me surpreendia mais com Mirtes. Ela era uma comerciante nata. Isso ficou claro no segundo dia em que as novas mulheres estavam sob nossa guarda. Volpiano chegou a nossa casa propondo nova viagem com o circo de gladiadores. Ele sabia de nossos vôos na criação de um lupanar e sugeriu que os seus homens, gladiadores, tivessem uma franquia na casa, como forma de compensá-los pelos sacrifícios do trabalho. Eu estava inclinado a aceitar a sugestão, mas Mirtes se opôs.

— As meninas serão guardadas para cavaleiros romanos, pagadores de boas quantias. Só assim se sentirão valorizadas... E realizarão melhor seu trabalho.

Volpiano deu uma gargalhada e olhou para mim, como se ela houvesse interposto uma condição absurda.

— Mirtes é quem decide — falei sério e ele também fechou uma carranca. — Mas terei prazer em oferecer mulheres aos nossos guerreiros. Vamos preparar uma festa e contrataremos algumas prostitutas no mercado.

O líder dos gladiadores engoliu sem graça a minha solução, mas não opôs nenhum argumento.

* * *

A festa de abertura de nossa casa de diversões foi marcada para dali a duas luas. Um professor de latim, Ariosto Valduir, tratou de ensinar algumas expressões para as mulheres. Mirtes designou quais seriam. Estavam anotadas as seguintes:

"Meu nome é... Estou aqui para me sujeitar a tua vontade!"

"Oh, por Príapo, tua espada vai me rasgar!"

"Vem, não tenhas medo de apanhar o que é teu!"

"Custa cinqüenta asses, mas deves pagar para Mirtes."

"Não faço pela frente para não emprenhar."

Ariosto suava muito para fazê-las decorar essas expressões e, principalmente, pronunciá-las nos momentos adequados.

* * *

Os dias passaram rápidos com o intenso trabalho de preparar o ambiente da nova casa. Um muralista foi contratado para decorar os salões. Na área em frente à piscina, via-se, um contingente de ninfas pintadas, seminuas, e, na parede oposta, alegorias délficas. A preparação dos ambientes consumiu boa parte de meu patrimônio, adquirido de forma tão desonesta quanto arriscada, mas eu apostava no retorno. Mirtes me alertou sobre a necessidade de buscar rapazes, elemento fundamental para o sucesso da empreitada. Ela desconhecia os caminhos para resolver nossa carência. Lembrei-me de Lúcio Trino, amigo de meu querido Júlio. Ele vivia entre homens que se divertiam com os mais jovens. Eram freqüentadores de uma terma, próxima à da famosa Helena. Fui até lá. Antigos patrícios, caçadores de prazer com meninos e rapazes, eram os principais usuários do lugar. Perguntei por Lúcio e soube de seu horário habitual, após a terceira luce. Aguardei-o, iniciando minha pesquisa. Alguns jovens de pele perfeita e formas quase femininas, com os lábios pintados, cochichavam e riam, sentados na beira da piscina. Aproximei-me, perguntando se poderia ficar entre eles. Calaram-se.

— Não és dos que freqüentam casas de homens — afirmou um dos três, de olhos brilhantes e longos cílios negros, pintados.

— O que te faz ter certeza? — rebati.

— Ora, somos do ofício. O que fazes aqui?

— Procuro Lúcio Trino, mas desejo saber de vós...

— Saber...

— Quanto custa o divertimento com rapazes bonitos, como aqueles com quem estou falando.

Os três riram, lisonjeados e afetados. Mas o que falava comigo fechou a cara.

— Deves ser o homem dos impostos, querendo saber se estamos ganhando muito... Pois não estamos.

— Nada disso, não pertenço ao Estado. Podem obter informações a meu respeito com Lúcio. Ele me conhece. Como é teu nome?

— Sou Laerte.

— E eu, Mário — disse o outro.

— E eu, Tim — falou o terceiro com a voz em falsete.

— Meu nome é Heliodoro — apresentei-me. — Estou abrindo uma casa semelhante a esta, na beira do Tibre. Preciso de jovens atraentes, como sois vós.

— E quer saber de preços... — completou o tal Laerte, sorridente. Avançou sua mão entre as minhas pernas e agarrou meu pênis, que se assemelhava, naquele momento, a uma cobra morta. Deixei-o ver que meu desejo faltava.

— Bem, por mais que se diga o contrário, neste ofício o prazer que se extrai reduz o custo a ser pago. Um velho cansado e sonolento há de ser generoso. Um guerreiro em prontidão pode até arrancar-nos as reservas.

— Isso não é profissional — observei.

— Não é, mas faz parte do ofício.

Ele largou meu pênis.

— E achas que será difícil encontrar jovens que queiram trabalhar na nova casa?

— De jeito nenhum — cortou Tim, alegre. — Eu mesmo posso pensar no assunto.

— Não se venda barato — emendou Laerte.

— Estamos numa conversa prévia. Não precisamos falar na defensiva — eu disse.

— Mas és o patrão, não é verdade? — inquiriu-me Laerte.

— Sou, mas não pretendo explorar ninguém — falei de maneira um tanto inverossímil. Nesse momento, Lúcio chegou. Estava próximo à porta, falando com dois velhos.

— Lúcio! — gritou Laerte e fiquei apreensivo. Eu não falava com ele há muitas luas.

Ele caminhou um tanto difuso pela bruma do vapor. Estava nu e me pareceu mais velho do que eu o tinha na lembrança.

— Está aqui um teu amigo — adiantou-se Laerte, ajudando-me, talvez sem querer.

Ergui-me e ficamos cara a cara.

— Infelizmente, sou mensageiro de más novas — eu disse. — Júlio está morto!

Vi um clarão em seu olho. Uma fagulha de dor que o fez piscar. A reação entre reconhecer um rosto e tomar conhecimento da morte de seu antigo e querido amante. Abriu os braços e eu também. Agarrou-me com força por alguns instantes. Quando nos separamos, suas lágrimas saltavam nas faces. Estava comovido.

— Como foi? Não o vejo há tanto tempo!

— Pereceu num naufrágio, voltando da Córsega — menti.

— Ó, deuses, os melhores se vão. Júlio era doce... A acolhida de Lúcio acabou com qualquer suspeita e fui aceito entre eles. Bebemos a Júlio e depois falei de meus planos.

— Leva estes doces meninos para tua casa e serei teu cliente. Aqui eles pouco faturam. Houve um crime — disse, baixando a voz — que afasta os freqüentadores. Todos temem a violência nesses dias tão nefastos.

— Preciso de, pelo menos, cinco rapazes — completei.

— Eles te arrumarão outros jovens belos e confiáveis. Roma está repleta de candidatos à prostituição. O segredo está em escolher os mais atraentes — completou, sorrindo.

— Se desejares, posso fazer essa seleção — sussurrou sorrindo. Os outros o seguiram e todos caíram na gargalhada. Acompanhei-os, mais por simpatia. Tim sentara-se próximo de Lúcio e afagava suas costas, dando pequenos beijos em seu ombro.

— A segurança e a limpeza são muito importantes, Heliodoro, é esse teu nome, não? Júlio trabalhava para ti?

Lúcio era patrício e pretor, pertencia à classe dominante. Sua amizade me seria sempre benéfica.

— Ele era, antes de tudo, meu amigo — falei, sem mentir. — Mas eu lhe arrumava negócios.

Tim deitou a cabeça no colo de Lúcio, que sentara na borda da piscina, e tomou seu pênis em sua boca.

— Em tua nova casa, precisas de meninos como esse doce mamador aqui — falou, agarrando a cabeça de Tim e a empurrando de encontro à virilha, fazendo-o sufocar brevemente. — Mas também machos que agradem aos que gostam da submissão.

— E esses, onde arrumo? — eu quis saber, aproveitando a sua consultoria.

— Contrata Laerte para ser teu catador de machos. Ele é especialista, não estou certo? — falou Lúcio, enquanto sorria para um Laerte envergonhado.

— Ele se arrisca junto aos legionários para encontrar algum que lhe coloque arreios e possa então agir como uma égua obediente, montada...

Laerte ficou amuado com a descrição do outro, mas a aceitou, calado.

— Ele é de confiança — completou Lúcio.

— Então quero contratá-lo — falei, e Laerte sorriu.

* * *

Aproximava-se a data de abertura de nossa casa, que deveria ser conhecida como Mirtes, mas ela mesma vetou essa intenção. Isso porque poderia atrair seu antigo dono, que talvez ainda se sentisse lesado, e teríamos problemas. Preferimos então Casa de Apicula, afinal, um bichinho estimado por qualquer um. Laerte, o que eu havia encontrado nos banhos, foi visitar-nos e estabelecemos um acordo. Alguns quartos foram destinados aos rapazes e seus clientes. Eles teriam alimentação por minha conta, assim como as mulheres, e dividiriam os valores arrecadados, que ficariam na faixa de cinqüenta a cem asses, dependendo do tempo e das exigências de cada cliente. Uma longa lista de necessidades tinha de ser preenchida, de servas que passariam oferecendo vinho em jarras, para que os freqüentadores se mantivessem sempre alegres e gastadores, até o fornecimento para a cozinha. A festa de abertura da Casa de Apicula receberia convidados especiais e pedi a Lúcio que me indicasse alguns de seus amigos palacianos. Ele sugeriu que convidássemos o próprio Nero, que não viria, mas se sentiria lisonjeado, e assim contaríamos ponto em qualquer contencioso com o poder. Ao fim do dia anterior à inauguração de nosso prostíbulo, caminhei pela casa, que possuía vinte quartos sem portas, com cortinas estreitas que podiam ser afastadas para se ver o que ofereciam. Fui fazendo isso. As mulheres ocupavam seus lugares para que pudéssemos avaliar, na simulação, as possíveis carências. Eram belas mulheres. Dei com morenas da Pérsia e negras da Babilônia, que certamente chegaram a Roma como escravas e aqui aprenderam o ofício. A pintura dos corpos denunciava suas origens. Os seios areolados são costume de determinadas tribos, assim como os cabelos presos dessa ou daquela forma. Roma é o mundo concentrado num prostíbulo, e eu era o seu dono naquele momento. "Por quanto tempo?", pensei.

* * *

A festa de abertura foi magnífica e a maioria dos convidados compareceu. Lúcio trouxe pretores e os rapazes também conseguiram arrematar alguns de seus clientes assíduos para o evento. Os que preferem a companhia de homens estavam em maior número e conseguiram fazer com que reinasse um clima de alegria. O bom vinho da Tessália que eu encomendara foi um importante aliado. A embriaguez soltou as línguas e algum possível recato foi abandonado. Nossas mulheres não encontraram muitos interessados, mas o importante é que houve euforia e a rua em frente esteve cheia quase toda a noite.

Lúcio veio me cumprimentar pelo excelente ponto que eu criara, e sugeriu que eu fizesse oferendas aos deuses, pedindo que a inveja se mantivesse distante. Bebemos uma taça à memória de Júlio e ele se foi, abraçado a Tim e a outro rapaz de musculatura larga. Depois, Laerte, que se tornara meu amigo, confidenciou-me que nosso amigo juiz gostava tanto de submissos como de opressores na sua rotina amorosa. Volpiano apareceu sozinho na festa, e o liberei do pagamento das prostitutas. Invadiu um dos quartos e fez a sua farra com duas delas. Amanhecia quando os últimos convidados saíram abraçados da Casa de Apicula.

* * *

O negócio de gladiadores também crescia, e tínhamos espetáculos vendidos para Tarento, o que exigia uma longa viagem e uma disposição ainda maior. Mas como a Casa de Apicula em sua fase inicial exigia mais investimentos do que oferecia lucros, juntei-me ao grupo de Volpiano e pegamos a estrada nos lentos carroções. Foram muitos dias até alcançarmos a pequena Tarento. Levei duas prostitutas para o desfile e deixei os negócios por conta de Mirtes e Laerte, que assumira todas as responsabilidades no que dizia respeito ao prazer com homens. Apicula ficou em nosso lar e Mirtes em nosso lupanar. Como eu disse, viajei com duas prostitutas que escolhi com cuidado. Uma negra bem tradicional, com seus lábios enormes, e uma egípcia de pela morena e feições delicadas. Viajamos deitados sobre almofadões na traseira coberta de um carroção. As noites não foram ruins, embora eu tenha recomendado que elas não gemessem em demasia, para não excitar a luxúria dos homens.

* * *

Os lentos procedimentos na montagem do espetáculo, o desfile, o sangue dos escravos derramado em profusão, tudo aquilo me extenuava. Prometi a mim mesmo que, logo que a Casa de Apicula apresentasse resultados, eu não sairia mais de Roma por pouca fortuna. Durante a viagem, aproximei-me do ex-escravo Zuário e o convidei para trabalhar na segurança do prostíbulo, afinal, um combatente fiel, adestrado ao gládio, poderia ser útil. Após três luas estávamos de volta a Roma. Terríveis surpresas me aguardavam. Minha relativa sorte fez com que eu passasse antes em casa. Apicula tinha o desespero estampado no rosto. Seus gestos informavam que eu deveria fugir ou, pelo menos, esconder-me. O que estaria acontecendo? Onde estava Mirtes? Voltei ao alojamento dos gladiadores e procurei Zuário. Pedi que ele fosse ao prostíbulo verificar o que ocorria e que tomasse informações com Mirtes. Caía a noite. Dei duzentos asses a ele, para que pudesse entrar como cliente. Ele demorou um pouco, mas voltou com péssimas novidades. A casa estava transformada e Mirtes era, agora, apenas uma das prostitutas. Um tal Gino Alvánio era o proprietário do lugar. Reconheci o nome do antigo patrão de Mirtes. O pior acontecera. Eu nem sequer poderia me apresentar como o proprietário legítimo. Gino estava a par de meus roubos no palácio de Hermógenes. Eu, estando presente a uma invasão à Casa de Apicula, poderia ser morto por justa causa pelo antigo dono de minha esposa. Tentando ver o lado positivo das coisas, eu agora tinha a surpresa a meu favor. Será que Gino sabia de meu retorno eminente? Resolvi procurar Lúcio, o pretor, e pedir a opinião dele. Descobri que o novo dono de meu negócio afastara os homens de lá. Encontrei Laerte e os outros na mesma terma, junto à da famosa Helena. Lúcio comentou que eu deveria tomar cuidado e agir com rapidez e intensidade. Num julgamento posterior, se necessário, ele deporia a meu favor.

* * *

Reuni Zuário e mais dois gladiadores, depois de meu antigo escravo haver feito uma observação cuidadosa. A guarda pessoal de Gino cuidava do prostíbulo. Eram dois homens fortes que ficavam em torno da piscina. Mas concluí que seria conveniente liquidar o próprio Gino, para evitar represálias. Ele costumava passar ali algumas horas no início da noite. Uma menina era de sua predileção. Chamava-se Ione, informara Mirtes a Zuário. Vestimos os gladiadores como patrícios romanos, o que foi a parte mais complicada da operação. Eles se pareciam mais com o que realmente eram: trogloditas, aleijados, grosseiros. Mas os cobrimos de vestes ricas, mantos de sedas. Podiam passar por comerciantes abastados, novos ricos que fizeram fortuna no mercado de escravos ou mesmo na pirataria, afinal nenhum prostíbulo questiona a origem do ouro de seus freqüentadores. Zuário era o de melhor aparência, sendo um negro bonito, sem lhe faltar olho ou membro do corpo. Sob as vestes portavam punhais e gládios. Combinamos que dois cuidariam dos guardas e Zuário de Gino. Prometi trezentos asses de recompensa em ouro e uma noitada com as mulheres para os três invasores.

* * *

Aguardamos a chegada de Gino no início da noite e logo fomos entrando, dois a dois. A casa estava quase vazia, mas alguns jovens conversavam com mulheres seminuas. Um dos gladiadores, o caolho, avançou sobre o guarda e o apunhalou nas costas, com muita força. O homem ajoelhou-se com o golpe. O que estava ao lado da piscina sacou o gládio e correu para dar combate ao caolho. Ia ser pego por Naur, o segundo gladiador, que o espreitava sob a pilastra, mas um dos clientes, que acompanhara o primeiro ataque a distância, com um grito, o advertiu e se iniciou um combate de lâminas. Naur e o caolho avançaram sobre ele, mas este não era apenas forte, como também ágil, e manteve a luta. Pedi ajuda a Zuário. Contra três adversários, não teve chance e tombou trespassado por dois gládios. Tentando escapar à sorte ingrata, caiu na piscina, tingindo-a com seu sangue.

— A caça é Gino — ordenei e saímos em direção aos quartos. É claro que o som de metais e gargantas desferiu o combate pelos ambientes. Dois casais foram surpreendidos na intimidade pelo pavor da morte, mas foram apenas postos a correr. Num dos quartos, Mirtes me aguardava.

— Onde está Gino?

— Seu lugar preferido é no fim do corredor.

Eu e Zuário invadimos o reservado onde Ione satisfazia o patrão, mas apenas ela estava lá, nua e bela, pele arrepiada de horror. Corri para a janela que se abria para o rio Tibre e dei com Gino encostado na parede, entre as pedras pontiagudas e a água. Por que não mergulhara? Apenas apontei-o a Zuário, que imediatamente pulou a janela. O antigo dono de Mirtes, sentindo-se sem saída, jogou-se no rio. Era gordo, desajeitado e idoso demais. Quando Zuário o alcançou estavam submersos até a cintura. O guerreiro transpassou suas vísceras, depois, com dois golpes firmes, o degolou, como eu solicitara.

* * *

Havia muito sangue por toda parte. Dispensei mulheres e clientes até a próxima lua e fui para casa com Mirtes e Ione. Cerrei as portas da Casa de Apicula para que os amigos e parentes de Gino não pudessem reclamar sua presença. Paguei os gladiadores com ouro e dei-lhes a tarefa final de sumir com o corpo dos inimigos. Zuário veio comigo. Presenteei o fiel combatente com uma soma maior de ouro e a bela Ione. Bem que eu gostaria de tê-la reservado para mim, mas eu queria Zuário próximo e bem servido, não desejando minhas mulheres.

* * *

O sumiço de Gino provocou protestos junto ao imperador. Ele não era um nobre, mas acumulara dinheiro e terras. Como seu corpo desaparecera e a casa estava fechada, não havia contra quem reclamar.

— Eles chegaram blasfemando e queriam a tua cabeça, amado — contou-me Mirtes, quando falamos, trancados no quarto, no escuro, durante nossa festa, na mesma noite do confronto. — Mandou que um de seus guardas me surrasse, um dos que, hoje, despiste da vida. Ao me ver nua, sua mão fraquejava e os golpes eram tímidos. Mesmo assim, sofri muito — choramingou minha bela mulher, que não era de queixas. Estreitei nosso abraço. — Ele quis se apossar de mim de novo, me invadir, e o desprezei —

ela continuou narrando. — Ameaçou-me. Se nos próximos dias eu não mudasse de idéia, mandaria me açoitar até a morte... E desdenhou de ti. "Se pensas que o ladrão te virá salvar, estás enganada", ele disse.

Cobri sua boca com a mão e depois com a minha boca e mergulhamos na volúpia.

* * *

Durante alguns dias e noites temi que os filhos ou os amigos de Gino viessem vingá-lo. Deixei Zuário de plantão e preparei uma saída de emergência pelo rio, mas nada ocorreu, até que reabri a Casa de Apicula, com mulheres e homens dispostos ao amor mercantil. Pouco antes da festa de reabertura, fui abordado por uma estranha na entrada do prostíbulo. Era morena e bonita, mas não era jovem.

— Meu nome é Ada. Sou a esposa de Gino ou a viúva dele, não sei com certeza...

Fechei a cara, esperando uma recriminação forte, mas sua voz não era agressiva.

— Teus homens sumiram com o corpo dele e só os abutres o encontrarão. Tenho sido assediada pelos vizinhos de nossas terras. Meus dois filhos estão amedrontados e temo perder meu patrimônio, sem um homem que me proteja. Estou aqui por isso. Se foste forte para liquidar Gino, talvez o sejas para assumir os seus bens e a sua mulher.

Não acreditei no que ouvia, mas ela sorriu, confirmando com a alma nos lábios as suas palavras. Agarrei-a pelo braço e a fiz entrar. Fomos para o quarto dos fundos, onde seu marido gostava de usufruir de sua bela escrava. Despi-a e a possuí, para que o espírito de Gino se afastasse inteiramente daquele corpo. Depois pedi que aguardasse a festa acabar, quando então falaríamos do futuro.

* * *

Claro está que Mirtes viu a chegada da estranha, meus cuidados com ela e a reserva com que a guardei no quarto de prazer do morto. O ciúme fizera seu trabalho, pois minha esposa notou que Ada não era meretriz. Dispensei todos ao final da noite e ordenei a Zuário que acompanhasse Mirtes e Apicula até a casa. Não ouvi protestos, mas notei o olhar envenenado de minha preferida. Mas se foram. Trouxe da estrebaria duas montarias arreadas e convidei Ada para visitarmos as propriedades que haviam sido de Gino. Marchamos a trote até a segunda luce e chegamos a uma ampla vivenda construída com pedras irregulares. Salões decorados com estátuas de deuses ornavam os espaços aconchegantes. Cinqüenta pessoas poderiam fazer uma festa de vários dias naquele lugar. Sorri, imaginando como a sorte de um homem corre com os ventos. Dois meninos correram até Ada e se agarraram às suas saias, enquanto outro, maior, olhou-me atravessado. Alguns escravos também surgiram nas portas quando Ada bateu palmas pedindo a presença deles. A viúva de Gino passou o braço em torno de minha cintura e encostou sua coxa na minha. Ergueu um pouco a cabeça e disse em meu ouvido que tudo aquilo era meu, se eu a protegesse e a seus filhos. Respondi-lhe que ela me pertencia e eu assumiria a sua guarda.

* * *

Um homem é feito de sua coragem e de sua sorte, mas nem sempre elas andam juntas, senão haveria mais vencedores do que o mundo comporta. Eu era um homem de sorte; seria corajoso? Enviei Zuário, seu gládio preciso e sua amante, Ione, para Vila Saltella, assim se chamava a casa que fora de Gino. Ele seria meu administrador, afastando os vizinhos gananciosos que assediavam Ada. O gosto do corpo dela estava em meus lábios, em minhas mãos, e eu a queria submetida à minha vontade. Temi por minha integridade. Eu estava me tornando um homem rico, com muitos interesses distribuídos em várias regiões. Isso era tão emocionante quanto perigoso.

— Te saciou, a carne da estranha? — interrogou-me Mirtes, no dia seguinte, quando nossos olhos se encontraram.

— Devemos guardar nossa língua para uso correto — falei, endurecendo a face.

* * *

O negócio de gladiadores também apresentou excelentes oportunidades, quando se anunciou que o retorno dos combatentes à Germânia trouxera duzentos prisioneiros. Eles seriam levados ao Coliseu. Volpiano mantinha-se informado e soube que a corte de Nero estava contratando lutadores de origens variadas para enfrentar os estrangeiros. Nossos homens eram poucos e ridículos, com suas amputações e carências, além de serem de idade avançada para a profissão. O plano de meu sócio era comprar escravos e os treinar, utilizando os nossos apenas como mestres dos jovens. Isso implicava um investimento, mas, pelas contas de Volpiano, de excelente retorno. Precisávamos de um campo de treinamento alugado e resolvi utilizar a propriedade que fora de Gino para tal fim. Fomos a duas feiras de escravos. Uma delas, legal, e a outra, clandestina. Adquirimos vinte homens jovens e fortes. Acomodamos o contingente num acampamento junto a Vila Saltella. Quando desmontei, diante da casa, Ada saiu à porta, vestida numa túnica azul e com sua boca carnuda pintada de verde-claro. Era uma dona romana. Sua altivez, mais do que sua beleza, me levava a crer que reunia, acima de

Mirtes, as condições de ser minha esposa. Aproximei-me e lhe disse que os homens ficariam na área da propriedade, mas sem autorização para se aproximarem da casa. Eu deixaria guardas armados vigiando o nosso lar. Ordenei que me aguardasse em nosso quarto, despida, porque logo eu a procuraria.

* * *

Minha participação na montagem do campo de treinamento fez com que eu lá voltasse muitas vezes. Além de comprar os homens, foi necessário adquirir as armas. Um ferreiro que Volpiano já utilizara preparou vinte conjuntos para Retiarius, Tracius e Secutors, tradicionais conjuntos de combate das arenas romanas. O homem martelava contra a bigorna, arrancando chispas dos golpes contra o metal das lâminas, e eu pensava como minha sorte dependia tanto da força como do argumento. Poucos comerciantes se atreviam a lidar com escravos armados. Um levante, bastante comum, levaria à morte quem estivesse por perto. Jogamos todo o ferro na carroça e rumamos para o acampamento. Ordenei um círculo e tive o cuidado de procurar intérpretes que pudessem fazer chegar as minhas palavras às mentes daqueles homens de pouca fortuna. Surpreendi-me com Zuário, que conhecia rudimentos do persa, do latim e do aramaico.

— Sois homens livres, gladiadores, se cumpris as lutas fáceis do próximo sabadarius. Digo que serão fáceis, porque os adversários são prisioneiros de Roma, que sabemos bem como são tratados. Estarão exaustos e com moral baixo. Ao fim dos combates, cada um dos nossos receberá cem asses e, se gostarem do trabalho, contratarei os melhores... Esperei a tradução de Zuário e de outro dos gladiadores para então continuar.

— Se a opção for ir embora já, também é um caminho que aceito. Sou um senhor do qual vós não precisais fugir. Sois homens livres. Mas se chegares ao mercado romano sem uma profissão e sem um asse, terá sido uma péssima escolha.

Causei um burburinho imediato entre os que entendiam as minhas palavras. Não conseguiam compreender como alguém comprava escravos para os libertar. Logo os que compreenderam pela tradução também murmuraram estranhezas entre si.

— Quem quiser partir, faça-o agora, antes da refeição da terceira luce — completei.

Logo um se levantou, espanou suas vestes e saiu, depois outro. Ao todo, cinco foram embora, mas fiquei tranqüilo. Os demais não me apunhalariam na primeira oportunidade, nem às minhas mulheres.

* * *

Após fartar-me na carne de Ada, descansei arquejante. Ela olhava para o teto do quarto, indiferente ao meu estado.

— Quero que vás ao Coliseu ao meu lado, como minha esposa — falei, depois que minha respiração serenou.

— Não tenho prazer no sangue, Heliodoro, e não quero despertar ciúme em tua outra esposa...

— Tu és agora minha esposa...

— Não te esqueças de que Mirtes era concubina de meu marido e sei como a beleza enfeitiça.

— Quero a ti como a única.

— Deixe que o tempo determine quem vai ocupar esse espaço... De verdade.

Ficamos um pouco calados. Depois daquelas impressões, pus minha mão sobre sua vulva quente e úmida. Enterrei meu dedo até o fundo e ela agarrou a minha mão.

— Se me quiseres para esposa, é bom saber que os excessos podem ser praticados com as escravas ou com as meretrizes. Eu me canso muito rápido em saciar os homens.

Diante de meu rosto franzido de contrariedade, levantou e foi até a porta. Bateu palmas. Logo três meninas entraram no quarto. Eram muito jovens.

— O patrício as deseja — falou. — Qual delas queres para te acalmar o desejo?

— Dispam-se todas — ordenei.

Elas arrancaram as túnicas pela cabeça e seus corpos túmidos surgiram à minha disposição. A janela estava aberta para a vastidão da planície e uma brisa fresca fez a menina mais próxima arrepiar a pele das coxas claras. Estendi a mão aberta.

— Senta aqui.

Ela adiantou-se, com a cabeça baixa. Sua vulva impúbere encaixou-se em minha mão. Agarrei-a e a trouxe para meus quadris. Encaixada, lentamente, contendo a dor, enfiou-se em meu pênis. Abracei-a.

— Como é teu nome?

— Dirce.

— As outras podem se retirar. Ficarei com Dirce — falei.

Juntaram suas roupas e saíram. Menos Ada, que continuava em pé, de braços cruzados, olhando-me.

* * *

Os quinze gladiadores que nos sobraram treinavam diariamente, mas quatro deles pereceram na violência das simulações com o *tracio*, o mais elementar dos modelos de combate, constituído de capacete, escudo pequeno e gládio. Segundo Volpiano, quem não dominasse o *tracio* teria pouca chance com as outras modalidades. À parte, quando levei meu sócio das arenas até a casa, ele confessou que tínhamos, de fato, quatro candidatos com chance de se tornarem gladiadores excelentes. Os demais, provavelmente, seriam mortos no Coliseu. Volpiano acrescentou que aprendera mais sobre a compra de escravos. Era importante adquirir aqueles que foram soldados, embora o preço fosse ser maior. Parecia claro que os habituados ao combate se adaptariam melhor. Mas, mesmo diante desse quadro pouco alentador, Volpiano julgava que havíamos feito bom negócio. O aluguel dos pouco preparados que lá pereceriam cobriria os gastos e daria lucro, e ainda teríamos um quarteto excelente. O meu sócio estava com aparência cansada, de sucessivos dias de intensos treinos. Chamei Dirce e a encarreguei de fazer com que Volpiano descarregasse o peso de sua dura vida.

* * *

O dia dos combates se aproximava e eu mais me envolvia no ambiente de Vila Saltella. Assistia às simulações com rede e tridente, chamada *retiarius*, e com armadura, conhecida como *secutor*. Um persa muito forte, conhecido por Lio, destacava-se. Era tão feroz que Volpiano precisava contê-lo, para que não matasse os companheiros durante os treinos. E as simulações eram feitas com armas de madeira! Havia ainda um grego também muito forte e ágil e um etrusco pequeno, mas de grande habilidade com a rede e o tridente. O último dos quatro especiais era um galego, calado e rápido com o gládio. Envolvido no clima sanguinário, acabei indo à caça com eles. Fomos montados em busca das feras porcinas. Avistamos duas delas chafurdando perto de um lago. Uma fugiu, e Lio desmontou para enfrentar a outra, que não deixara de fuçar entre as raízes de um pessegueiro. O persa empunhava o gládio enquanto avançava, destemido, mas quando estava a uns poucos passos do animal este girou, zurrando com suas presas reluzentes, como duas espadas ameaçadoras. Ambos, guerreiro e bicho, se olharam, estranhamente silenciosos, por um momento, então Lio deu um salto e enterrou o gládio no crânio do porco, que estremeceu e caiu morto. Eu mesmo fiquei estarrecido com a rapidez e a coragem de Lio, e me senti um fraco diante dele.

* * *

Voltei a Roma na véspera do sabadariu. Fui direto para a Casa de Apicula e tive a feliz surpresa de encontrar Lúcio, Laerte e outros jovens amáveis. Ambiente diverso do meio de gladiadores. O prostíbulo estava cheio e tentei encontrar Mirtes em nosso salão reservado, mas soube por Apicula que ela estava com um patrício num dos quartos de aluguel. O sangue me subiu à cabeça e quase invadi o lugar, mas depois reprimi minha estupidez. Se eu não a quisesse mais como esposa, não poderia impedir que ganhasse seu dinheiro extra como hetera. Era uma das mais belas mulheres de Roma e merecia a fortuna. Mas o ciúme não me perdoava. Virei meia ânfora de vinho goela abaixo e convidei Apicula para a cama. Ela me atendeu, como se a houvesse procurado na noite passada. Sua carne musculosa me falou à memória. Eu já fora apaixonado por ela e naquele momento o desejo voltou. Foi um excelente remédio contra a ausência de Mirtes. Logo que me esvaí, desmaiei nos lençóis de linho.

* * *

Ao fim da noite, fui acordado por Mirtes. Beijou-me o peito e quando abri os olhos e a encontrei sobre mim, exultei. Eu ainda a amava. Beijei-a também. Ela me agarrou e logo a penetrei. Foi rápido o prazer.

— Não me esperaste — queixou-se.

— Trabalhavas e eu precisava de alguém. Procurei Apicula.

— Tenho sido obrigada a ceder a um funcionário de Nero.

— Obrigada?

— Ele tem ameaçado fechar a casa. Diz que toda a Roma sabe de teu crime e será fácil conseguir uma condenação do prostíbulo.

— Quem é ele?

— Chama-se Cássio e trabalha na corte.

— Lúcio deve conhecê-lo.

— Sim. Falaram e riram juntos na piscina, isso há alguns dias. Tem vindo sempre para dormir comigo.

— E não comentaste com Lúcio?

— É claro. Mas ele recomendou cuidado, devido ao poder do patrício junto a Nero. Devemos acreditar?

— Sim. Com certeza. Ele tem pagado?

— Nada. Nem o vinho que bebe.

— Vou investigar. Mas pelo menos ele tem bom gosto...

— E um pênis pequeno.

— Antes assim, não a deixa mais arrombada...

Ela riu sem muita vontade de meu gracejo grosseiro.

* * *

O sabadariu com a presença do próprio Nero lotou as imediações do Coliseu, mal amanhecia o dia. Ambulantes de todos os tipos vendiam qualquer coisa. Estavam programados enfrentamentos de mais de quatro centenas de gladiadores, entre escravos, condenados e contratados. Volpiano chegou com nossos homens quando o dia ainda não havia raiado. Os combates estavam marcados para a segunda luce e convidei os homens para refeição e descanso na Casa de Apicula. Os onze que haviam restado chegaram de bom humor e se comunicavam em línguas que eu desconhecia, mas pude perceber que não estavam contrariados.

Servi frutas e assado de porco aos lutadores e despi uma das prostitutas, uma menina de corpo firme. Vi o desejo em seus olhares.

— Os que voltarem vivos, hoje, do Coliseu terão uma bela mulher para lhes beijar os escrotos — falei, sorrindo. Quase todos riram comigo.

Enquanto falávamos, entrou Mirtes, envolta num manto amarelo que lhe prendia o busto palpitante e conformava os quadris largos... "Oh, Mirtes", pensei, "te amo, mas preciso ser respeitado como um patrício... Preciso de uma esposa de patrício... Seria tudo tolice?"

* * *

Entrei com Mirtes no Coliseu lotado. O ruído da multidão era constante, como um rugido surdo, de um animal invisível que aguarda o momento de confronto e sangue. Havia as tribunas, onde os nobres se colocavam. Nero ainda não havia chegado e a arena ainda estava vazia. Mas estavam todos muito alegres, embriagados com o espetáculo que se aproximava. Um uivo de milhares de vozes marcou a presença dos primeiros gladiadores na arena. Eram condenados. Deveriam lutar até a morte. O vencedor continuaria nos confrontos durante todo o dia. Se sobrevivesse à maratona, o que era improvável, estaria livre. O sol forte, sem um toldo, na parte que nos era permitido freqüentar, fazia crescer o mal-estar, aumentado pelo odor de sangue que começava a subir da areia encharcada. Mirtes se protegia com um lenço na cabeça e eu bebia vinho de uma ânfora, misturando embriaguez ao espetáculo. Agradeci a Baco a existência de semelhante fuga do real. Finalmente nossos gladiadores entraram na arena. Dois deles contra dois condenados. Eles usavam um lenço roxo amarrado ao pulso direito, para os identificar como de nosso grupo. Mas não eram dos quatro melhores e o combate no estilo *tracio* se arrastava. Apesar da violência do confronto e de aqueles homens estarem lutando pela vida, toda a atenção do público voltou-se, de súbito, para o arco de entrada da Tribuna. Nero e sua corte estavam entrando no Coliseu. O burburinho ganhou força por algum tempo. Quando olhei novamente para a arena, nossos homens haviam liquidado os condenados, mas um deles perdera uma das mãos.

* * *

O persa Lio foi o que mais se destacou entre os nossos. Matou quatro condenados e um gladiador da corte, que fizera carreira com rede e tridente. Lio demorou um tanto para atravessar sua garganta com o gládio, mas quando o fez arrancou uivos selvagens do vulgo presente.

— Esse touro vai nos render muito, ainda. Quero que selecione uma boa prostituta para premiá-lo — falei a Mirtes.

— Não posso eu mesma arrecadar os seus líquidos?

— Prefiro que entregues a tarefa a outra bela mulher, e não faltará quem — respondi, fingindo que levava a sério a sua provocação.

O grego também não fez feio na sua apresentação e matou três dos condenados, mas saiu carregado após lhe abrirem um corte na coxa. Entre os demais, perdemos quatro para gladiadores experientes, o que era dado como certo por Volpiano.

— Aquele inteiramente calvo — apontou Mirtes. — Ele é Cássio, o que não paga para dormir comigo.

— Não o apontes — falei, tentando identificar, entre os inúmeros calvos próximos ao imperador, quem deles seria o tal homem.

— A essa distância ninguém sabe de quem estamos falando — riu-se Mirtes.

— Nem eu — repliquei.

— É o que está à esquerda de Nero, de túnica azul...

Olhei-os, pensando como eram inimigos mais perigosos do que os bárbaros que se despedaçavam lá embaixo, na arena.

* * *

Ao fim do dia fomos para o nosso prostíbulo, mas apenas Lio estava em condições de enfrentar uma mulher na cama.

Os demais se recuperavam de golpes, cortes profundos e cansaço. Mas Lio era um touro valente, com a potência de dez homens. Um gigante excepcional. Seu latim era menos do que vulgar, mas de forma alguma era burro! Mirtes enviou-o para o quarto com duas prostitutas acostumadas a homens rudes, uma hebraica e uma grega. Havíamos recebido um carregamento de bebidas de Antioquia e as ânforas eram esvaziadas rapidamente. Lúcio chegou com alguns rapazes e havia homens pagantes para as prostitutas. Estávamos ganhando dinheiro e em breve eu seria rico. Propus que todos nos desnudássemos para o banho. A piscina não era grande o suficiente para abrigar a todos, mas nos revezaríamos... Desfiz o manto que envolvia Mirtes e os belos seios se puseram à mostra de todos, depois os quadris e a vulva adorável. Agarrei sua mão e, atordoado, tentei trazê-la para a água, mas senti resistência; ao voltar-me, vi que a disputava com outro homem. O tal calvo, amigo do imperador, a segurava pelo braço. Olhei em seus olhos e vi neles a pretensão da superioridade e da nobreza. Ele achava natural apropriar-se de minha mulher, na minha casa e na minha frente. Saí da água e, olhando em torno, localizei o gládio de Volpiano ao lado de suas roupas. O abusado, coberto apenas com seu alvo manto de linho, poderia facilmente encharcar-se com seu próprio sangue. Avancei até a arma e a empunhei. Lúcio surgiu na minha frente, enquanto o tal Cássio se afastava para o quarto levando Mirtes.

— Não faças isso, meu amigo. É uma luta perdida...

Ele tinha razão. Eu não ganharia nada matando um homem da confiança de Nero dentro de meu estabelecimento. Olhei para Lio e pensei, imediatamente, que certos homens nasceram para o crime.

* * *

Embora participando da festa na Casa de Apicula, conversando, rindo, lembrando dos momentos dramáticos da tarde sangrenta, não deixei de pensar em Cássio bufando sobre Mirtes. Qualquer outro cliente não teria a mesma importância. Seria pelo não-pagamento dos trezentos asses que ela cobraria para abrir as pernas? Ele poderia arcar com esse valor sem nenhum problema. O que, certamente, o excitava era o poder de usufruir sem custo. O seu prazer seria maior por isso? Implicar com esse pequeno capricho de um nobre talvez não fosse a coisa mais indicada a fazer. Logo ele se cansaria do corpo de Mirtes e a trocaria por alguma outra mulher ou rapaz, conforme os costumes da corte. Mas me incomodava e eu lutava contra isso. As primeiras luzes suaves surgiam no horizonte quando ele saiu do quarto. Todos haviam ocupado os quartos ou dormiam pelos cantos, embriagados. Apenas eu permanecia na vigília, mas me abriguei sob uma coluna quando Mirtes veio com ele até a porta. Por cima do ombro dela, vi que um servo o aguardava com a biga. O som do tropel foi desaparecendo na noite enquanto abracei minha amada, encaixando meu quadril ao seu.

— O que ele te pediu?

— Que importância tem?

— Curiosidade.

— O de sempre. Mas não teve firmeza suficiente para penetrar meu cu e quis a cona, que não entreguei, então arranquei seu prazer com a mão.

— Só isso?

— Quis saber quem eras tu.

— E o que disseste?

— A verdade. Que és meu amo e amante.

— Maldito!

— O que te incomoda tanto?

— Não sei. A imposição, talvez.

— Esquece. Vem para a cama tomar o que é teu, amado...

Submeti-a ali, nas pedras da piscina. Seus gemidos acordaram os nossos pequenos cães.

* * *

O mal-estar diante de Cássio e minha posição ascendente fizeram-me procurar meu amigo Lúcio Trino no dia seguinte. Sua posição de pretor o fazia conhecer o comportamento da elite romana. Ele sabia de minha origem humilde e delituosa. Eu era dado como morto pela Legião Romana. Encontrei-o, como sempre, nos banhos, entre jovens castrados que se deixavam penetrar por qualquer dinheiro.

— O que preciso gastar para ser respeitado? — perguntei, me arriscando em ser ingênuo.

Ele sorriu antes de responder.

— Queres te tornar um patrício? Sem ter nascido filho de um deles?

— Meu pai era patrício, embora eu não saiba seu nome. Minha mãe era sua escrava.

— És um enjeitado, então. Filhos de patrícios são erguidos pelo calcanhar e conclamados como legítimos.

Devo ter feito uma careta diante de seu comentário, porque ele se apressou em dizer que eu não deveria me preocupar com isso.

— Mais vale um enjeitado corajoso e determinado do que dez legítimos sem alma.

— Mas o que devo fazer para ser aceito, já que meu pai não me pegou pelo calcanhar?

— Em primeiro lugar, deves ser paciente e observador, Heliodoro. Inventa uma linhagem. Tudo é inventado, no início. Posso te ajudar, mas quero tua boa vontade com minhas contas. Ninguém faz nada de graça — disse, com uma expressão dura na última sentença.

— Franqueio-te o prostíbulo — adiantei.

— É um bom início de conversa. No próximo sabadariu te levarei a um encontro de tribunos. Até lá, imagina qual será tua linhagem. Agora deixa eu levar este menino ao banho. Ele está muito sujinho — escarneceu, sorrindo.

* * *

Viajei para a Vila naquela mesma tarde pensando em que nome agregaria ao meu destino. Atravessando a planície, ouvindo o grito distante dos pássaros que voavam alto, eu pensava se era conduzido ou se conduzia o meu destino. Deveria assumir Ada ou impor Mirtes como minha esposa? Ao entrar na casa que me fora entregue por reação a um crime, senti, mais uma vez, a precariedade do meio social. Ada, recebendo-me seu marido com os olhos baixos e beijando minhas mãos, era mais convincente do que Mirtes, que logo me ofereceria a boca e me invadiria com sua língua ligeira. Ela deveria continuar como amante, eu estava certo agora, quando Ada me massageava as costas perguntando como fora a tarde de lutas de nossos gladiadores.

— Estou decidido. Serás tu minha esposa oficial. Mirtes compreenderá e a beneficiarei com parte dos proventos do prostíbulo.

— Deves lembrar que é recente a memória de Gino. Se eu for encontrada ao lado de seu carrasco, poderei ser considerada infiel.

— Ele procurou a morte quando invadiu meus domínios. O que esperava? Que eu aceitasse, passivo, seu avanço?

— Mas, antes, havias roubado a sua concubina mais querida. Mirtes é a responsável pela morte dele. Quando foi abandonado, enlouqueceu.

— Foi Mirtes que me encontrou e resolveu fugir comigo.

— Ela fez o mesmo com Gino. Começamos a ganhar bastante e Gino foi convidado para uma festa quando a conheceu. Ela largou o amante, que era um oficial da Legião, para segui-lo. O homem ficou furioso e veio tomar satisfação. Meu marido pagou em ouro a posse da hetera.

— O passado de Mirtes... Nunca me ocorreu indagar sobre ele...

— Ela sabe o que sua carne provoca nos homens e usa isso muito bem. Aliás, acho que ela tem razão. Melhor ser amante. Desfrutar sem custos. Gino construiu um refúgio para ela... Aqui ao lado. Veja.

Ada agarrou minha mão e entramos na casa que, embora fosse minha, eu não conhecia inteiramente. Saímos pelo jardim interno e chegamos a uma porta talhada em relevo, com a imagem da deusa Osíris. Ada a abriu e entramos no quarto em que Gino dispunha de Mirtes. Era um pequeno salão com uma cama e dois baús, além de uma mesa e um banco.

— Aqui ele encontrava sua amante, dentro de sua própria casa e sob seu rígido controle. É claro que ela não gostou. Era obrigada a lhe ser fiel. Convenhamos, ele não tinha fôlego para manter uma mulher como aquela... Ela necessitava de outros amantes. Precisava tanto disso que uma noite trouxe o tratador do estábulo para cá. Alguém os entregou, é claro. Gino matou o rapaz a chicote e a surrou também, mas com amor... — riu Ada, enquanto contava.

— Tudo acabou quando resolveu levar a puta para se exibir na festa de Hermógenes. Lá, tu a encontraste...

Ada ia fechar a porta e a agarrei pela cintura.

— Essa história e essa cama vazia me excitam — falei, entrando com ela.

— Vais me ter pensando nela?

— Não preciso disso — falei e a despi com destreza.

Sufoquei-a com beijos, sentindo que ela precisava daquilo para exorcizar a presença da outra. Após um coito intenso, mas rápido, descansávamos deitados, nus.

— Quando ele voltou da festa sem a amante, regozijei-me — recomeçou Ada com suas lembranças. — Ele viu meu escárnio nos lábios, nos gestos, e me surrou, sem uma razão aparente. A ausência dela o esmagava. Ele espalhou no mercado das cidades próximas que daria uma recompensa para quem a encontrasse. Os dias passavam e ele sofria, sem notícias, até que um amigo dele, um comerciante de Roma, esteve aqui e contou que ela trabalhava num prostíbulo à beira do rio. No mesmo dia, Gino reuniu os homens e partiu para lá.

— Sem a viagem com os gladiadores eu teria morrido...
— acrescentei. — Ai daquele que os deuses não protegem.

— Ele sempre fez as oferendas para a deusa da fortuna...

— Eu nunca fiz para nenhum dos deuses, devo ser protegido por simpatia — completei, sem estar de fato acreditando em minhas palavras.

* * *

Zuário era um administrador nato. A fazendola rendia bem. As carroças de frutas saíam carregadas para o mercado de Roma. Destinei um valor para que ele pudesse construir sua casa em boas condições. Meus rendimentos, juntando as várias fontes, me permitiam sonhar com o respeito de todos. Voltei para Roma disposto a conquistá-lo. Fui direto para a Casa de Apicula e lá estava Lúcio Trino, cercado de meninos o apalpando. Aproximei-me e o abracei, como a um velho amigo.

— Estamos acertados para o sabadariu?

— Inteiramente. Veste uma toga de lã nova.

— E o que mais?

— Apenas isso. Chega em tua própria biga, sem condutor.

— Certo.

— E não te esqueças da linhagem. Já a tens?

— Ainda não, mas a terei a tempo.

— Está certo — eu disse, encerrando a conversa para não atrapalhar a sua diversão com os garotos de aluguel, mas quando eu me afastava ele agarrou meu braço.

— Ele está aí — disse.

— Quem?

— Cássio.

— Certo.

Caminhei pelo corredor, olhando as portas. Apenas duas estavam fechadas. Numa delas ele estava com Mirtes.

* * *

No dia seguinte, adquiri a toga e troquei minha biga por outra com nova parelha de potros negros. Custaram caro, mas chamavam atenção. Segui pela via Nomentana, depois pela via Salaria, cruzando com outros homens de posse, talvez até nobres, porque vestido e andando não se pode saber quem pertence a que classe... Mulheres olharam-me, homens com inveja de meu garbo... Em frente à Castra Praetoria, detive o carro e desembarquei. Parei ao lado e olhei em torno, como se procurando alguém com quem tivesse marcado encontro, uma mulher, talvez... Os homens que entravam na praetoria eram todos tomados daquele ar de quem está preocupado com alguma coisa séria. Fiquei tentando reproduzir suas expressões. Um jovem me olhou e sorriu. Assim como eu, ele parecia estar ali esperando alguém. Sorri também, afinal, não custava nada... Ele se aproximou.

— Podemos falar um momento?

— Sim, podemos...

— És pretor?

— Pareço?

— Talvez...

— Como, talvez?

— Eu nunca vi um... Não poderia dizer...

— E com que pareço? No seu entendimento?

— Bem, me parece que és... Um pretor — ele disse e sorriu. — Ouvi dizer que eles ficam por aqui, e alguns ajudam jovens dispostos como eu.

Lembrei-me de Lúcio e descobri a fama de alguns de seus pares.

— Não sou pretor e não ajudo jovens homens — eu disse.

Embarquei e parti estalando o chicote no lombo dos potros.

* * *

Encontrei Lúcio Trino, como combinado, na tarde do sabadariu, e fomos até a casa do nobre seu amigo que recebia alguns pares num encontro de lazer. Uso as palavras que ele mesmo usou comigo: pares, lazer, nobre amigo. O tal se chamava Caio Ieronimus e estava numa casa próxima ao pórtico Liviaii. Era um lugar pequeno, longe do que eu imaginava ser a casa de um nobre, mas Lúcio me explicou que ali era um reservado apenas para esses encontros entre amigos. Quando entramos, lá estava o tal Caio, recostado numa poltrona coberta por uma pele de tigre. Ele vestia um manto mal colocado, de forma que sua genitália era exposta em alguns movimentos, quando então ele a cobria, mas novamente o traje tornava a se abrir. Caio pareceu-me mais um velho freqüentador de prostíbulos do que um membro da corte imperial. Foram chegando outros, mais ou menos da mesma espécie. Fiquei aguardando meninos de aluguel a qualquer momento, mas isso não aconteceu. As conversas giravam em torno de maledicências sobre a corte de Nero. Riam muito de umas imitações grosseiras que o imperador fizera no circo recém-inaugurado.

— Lembrem-se, patrícios, nossas palavras, se forem levadas por um ouvido delator ao conhecimento dele, podem nos custar as cabeças — disse Caio, mas via-se pelos lábios que esboçava um sorriso.

— E quem entre nós seria um delator? — replicou um sujeito de barba ruiva.

— Ora... Ora... Ele, por exemplo, trazido por Lúcio Trino, pode ser um delator — falou o anfitrião apontando o queixo para mim. Porém, ele sorria.

— Por favor, não intimidem meu amigo. Ele é dono de um dos prostíbulos mais sérios de Roma — defendeu-me Lúcio, também sorrindo.

— Donos de prostíbulo são delatores natos — acrescentou um outro ao fundo. Éramos seis homens na sala. Todos de idade adulta. O vinho era distribuído à larga.

— Bem, seja ele um traidor ou não, estamos afirmando: não sabemos se o imperador é um louco, como dizem, mas, certamente, é mau ator...

— Com toda certeza — completou um chamado Henrico, estourando numa gargalhada.

— Por falar nisso, há uma festa de Nero marcada para a próxima lua — informou Caio. — Estamos convidados, Henrico? Bem, apenas para informar ao nosso delator, novato na roda... Henrico é amigo pessoal de Nero. Consta que já freqüentou a sua cama.

— Sim, dormi lá, mas ele não estava...

— Nem Agripina? — provocou Caio.

— Conte alguma coisa sobre o imperador que os cachorros de Roma ainda não saibam — gritou um velho de cabeça branca, voz estridente e amarga.

— Ele está viciado no cu de Sporus... — adiantou-se Túlio, um que se mantivera calado até então, mais jovem, muito magro e vesgo.

— Isso, além dos cachorros, até as baratas sabem — cortou Caio.

— Ora, as nádegas de Sporus devem ser mais macias do que o cu de Agripina — riu-se o velho de cabeça branca, que chamavam de Tarso.

— O que comentam sobre Nero em sua respeitável casa de prostituição, meu caro Heliodoro? — perguntou-me Caio, que direcionava, de certa forma, a conversa.

— Não costumamos falar do imperador... Eu, pelo menos, não ouço — respondi, sem saber ao certo se ele esperava uma troça de mim ou não.

— É a primeira vez que Heliodoro está entre nós. Ignora, ou ignorava até há pouco, que nos juntamos para falar mal do príncipe — veio socorrer-me Lúcio.

— Ora, mandatários existem para que se fale mal deles. Para que mais serviriam?

— Verídico, Tarso. Mas nem sempre eles se esforçam por isso, como no caso de Nero.

— Também verídico — concordou Tarso.

— Mas qual é a diversão de hoje? — adiantou-se Henrico, com a voz meio enrolada por ação do vinho.

Calaram-se e achei que era um bom momento para conseguir amealhar a simpatia do grupo.

— Proponho uma visita à Casa de Apicula, o meu prostíbulo à beira do Tibre, com belas meninas.

Falei sorrindo, mas ninguém manifestou entusiasmo; era como se eu houvesse praticado um despropósito.

— A idéia que eles têm de diversão não passa pela ereção dos pênis — disse-me Lúcio de forma reservada, agarrando meu braço.

— O que cochichas aí, Lúcio? Estás sugerindo ao nosso novo amigo que somos impotentes? — gritou Caio.

— Não apenas sugeri, como afirmei — replicou Lúcio.

— Não é verdade. Não acredites nele, Heliodoro. Apenas nosso gosto pelas mulheres de aluguel é reduzido. Podemos um dia fazer uma festinha lá no seu negócio, se levarmos uns meninos. Eles são mais divertidos e menos exigentes.

— Caio, por favor, não espalhe a idéia de que somos um grupinho de velhos efeminados — reclamou Henrico.

— Somos é um tanto misóginos — completou Tarso com uma gargalhada.

— Contratarei vinte meninos — eu disse, sorrindo.

— Faça isso — completou Caio. — Te convido para a festa do imperador. Entrarás conosco. Será uma experiência inesquecível.

— Pelo horror, talvez — falou Henrico, engasgando-se de tanto rir.

* * *

Retornando para casa pelas ruas de Roma, em minha biga esplêndida, eu já não tinha certeza de que o mundo da corte fosse a minha aspiração máxima. Eu, afinal, jamais dominaria o verbo ao ponto de me divertir com a zombaria. A simples troca de agressões disfarçadas em jogo de palavras não me fazia mais feliz. Eu desejava a felicidade ou o poder? A casa estava vazia, menos pela criada, que dormia. Minhas mulheres estavam no prostíbulo. Minha cabeça ardia um pouco, por conta do vinho. Resolvi beber mais para desmaiar e assim o fiz.

* * *

Voltei a Vila Saltella para assistir ao novo espetáculo que Volpiano pretendia me mostrar. Tínhamos seis gladiadores considerados por ele de primeira linha. Eram matadores precisos que poderiam eliminar até vinte homens em duas horas de combate. Fizeram várias demonstrações com espantalhos montados em estacas.

— Mas... quem eles atacarão? — perguntei, talvez ingênuo.

— Aí é que tu entras, meu caro sócio — disse Volpiano, num tom sedutor. — O império está pagando bem a gladiadores profissionais que entrem na arena e enfrentem os novos condenados. São muitos os que devem morrer e o público adora...

— São tantos assim?

— Há uma seita que veio de uma das colônias do Império no Oriente. Espalha-se como uma praga. Nero tem mandado os molossos contra eles, mas os cães não dão mais conta.

— Não sei nada sobre esses doidos. Vou tentar usar minha influência para conseguir algum contrato para nós.

— Eles são chamados de cristãos. São mortos na arena, na cruz, decapitados, mas continuam a se multiplicar. Podemos ganhar um bom dinheiro. Nossos homens podem liquidar vinte deles por tarde no Coliseu.

Volpiano estava entusiasmado. Ele era esforçado.

* * *

Ada me ouviu contar sobre os amigos da corte e meus esforços para chegar ao topo da influência. Mais uma vez, entusiasmado, declarei que ela era, em meu entender, a pessoa certa para ser minha esposa. Supliquei que aceitasse.

— Sou tua, Heliodoro, desde o momento em que te procurei em Roma. Acho que alguém que tenha matado Gino não pode ser má pessoa. Chama-me pelo nome que quiseres. Ordena-me e te obedeço. Mas toma cuidado para não te tornares um amargo patrício, como meu antigo marido foi. Acabaria por eu ter de desejar também a tua morte, como desejei a dele.

As palavras eram duras, mas eu não conseguia deixar de gostar dela, talvez como de nenhuma outra pessoa.

* * *

Vesti-me para a festa no palácio de Nero como para o evento mais importante da minha vida. Embora não fosse essa a orientação de Lúcio, levei Zuário conduzindo a biga. Ele me aguardaria lá fora para qualquer emergência. O grupo estava lá: Caio, Tarso, Túlio e Lúcio. Saudaram-me como um deles e sentamos juntos a uma das longas mesas que delimitavam o centro do salão. Havia, talvez, umas cinco centenas de pessoas, homens em sua maioria. Alguns músicos animavam a espera por Nero. Escravos serviam bom vinho e frutas, enquanto a animação dos grupos crescia. Dois atores travestidos ocuparam a cena.

— Dizem que o imperador vem aí... — especulou um deles, em tom conspiratório.

— Vem — disse outro.

— Vem mesmo?

— Vem e vai, vai e vem, sabe-se lá quem...

— O imperador vai contar a última de Lucano.

O outro se dobrou de rir.

— O que é?

— Lucano, não, imbecil...

Todo o salão riu muito e eu não conseguia saber a razão.

— De que estão rindo? — perguntei a Lúcio.

— Lucano é um poeta que caiu em desgraça. O imperador o mandou prender — esclareceu-me o pretor.

O burburinho aumentou, de súbito. Nero estava entrando. Vestia-se de mulher, com peruca e longa saia. Ao seu lado, dois músicos tocavam pequenos instrumentos de percussão. Os três dançavam um ritmo pouco perceptível pelo ruído geral do salão. Aos poucos se fez silêncio.

— Queridos patrícios, cidadãos de Roma, tereis hoje a felicidade de ouvir-me — disse o imperador. — Poucas vezes os deuses ousaram tanto quanto ao fazerem de um príncipe ao mesmo tempo um poeta: EU.

Deu mais alguns passos e ficou bem no centro do espaço.

— Eis que aqui estou e a lua lá está/ Sendo eu quem sou/ Ela o que será?/

Ela dá-nos a luz e eu o que dou?/

Sendo ela o que é/ Afinal, quem sou?

Ora, sou o que vos dá os versos/ Sou o que vos ordena os passos/ Sede sinceros: o que será de vós, sem Nero?

Após essas palavras, o homem mais poderoso do mundo ergueu os braços e foi aclamado por palmas, gritos e urros.

* * *

A festa no palácio cresceu em excitação geral até limites quase indescritíveis, isso porque seriam situações demais a descrever. Bêbados cantando abraçados que subitamente desabavam em grupo, rolando pelo chão. Casais de homens praticando o coito sobre a mesa de refeição. Homens e mulheres também fornicavam em qualquer lugar, sem que isso causasse qualquer transtorno para as conversas de negócios entre patrícios ricos. Logo consegui fechar o fornecimento de prostitutas para uma festa particular, na casa do prefeito. O imperador nos permitiu beijar sua mão e lhe dirigir algumas palavras. Havia uma fila para esse ato simples e de nosso grupo eu fui o único a efetuá-lo. Creio que meus novos amigos tenham me tomado por um bronco, mas não liguei. Enquanto aguardava a minha vez de ajoelhar, pensava no que dizer. Estava a alguns instantes Dele e não tinha certeza.

— Dá-me uma chance e serei útil, querido imperador — falei, ajoelhado, aos pés de Nero. Ele estendeu sua mão, que beijei. Ela cheirava a merda!

* * *

Eu, que procuro não me exceder quando estou visando os negócios, acabei bebendo demais na festa da corte. Cheguei trôpego à biga, onde Zuário me aguardava. Mandei-o seguir para a Casa de Apicula. Já era madrugada, e o prostíbulo estava quase vazio. Perguntei por Mirtes e soube que ela estava com Cássio, no quarto. Aquilo me incomodou. Notei que havia me esquecido dele, e que, por sua posição, ele deveria estar na corte, mas preferiu ficar no meu negócio, divertindo-se, graciosamente, com a minha mulher! Era irritante. Pensei, como em outras vezes, num sicário que pusesse fim ao impertinente. Mas sabia que seria um grande erro, pelo qual eu pagaria muito caro. Peguei uma das meninas que haviam chegado naqueles dias. Era uma negra de olhos grandes e boca enorme. Levei-a para o meu quarto e procurei esquecer de Mirtes com o explorador.

* * *

Eu queria a riqueza e o poder dos patrícios legítimos. Desejava o fim das humilhações diante de homens que, afinal, não eram melhores do que eu. Fui levado por Mirtes ao templo da deusa Fortuna Virilis, ao lado do Capitólio. Ali eram feitas as oferendas, mas a minha amada conhecia uma feiticeira com fama de poderosa, que conseguia transitar entre os deuses com facilidade. Era uma mulher pequena, de rosto fino e olhos tão piscantes que afligiam a quem lhe encarasse. Chamava-se Ronda. Quando entramos no templo, ela estava em pé, com as mãos juntas elevadas acima da cabeça. Mirtes chamou sua atenção e explicou a minha necessidade.

— A deusa não vê nem sente, mas é preciso estar próximo aos seus braços para perceber os seus desígnios. Uma oferenda também é bem aceita...

— E qual seria, poderosa Ronda?

Achei que a mulher, um tanto tosca, não merecia tal reverência, mas mantive a postura submissa.

— Ofereça moedas de ouro. Quatro das grandes. Eu as destinarei...

Quase ri, mas abri a bolsa e entreguei as moedas. Quando ela as apanhou na mão, fechou os olhos e deu um gemido.

— A deusa percebeu a tua boa vontade e destinou a ti o seu canto. Ouve — disse Ronda e abriu a palma das mãos como se quisesse encerrar o som em sua pele. Mas eu não consegui ouvir nada, além do zumbido de algum inseto.

— Ouviste?

— Não ouço nada — respondi — além desse inseto.

— É ela — disse Ronda. — Suas mutações são muito variadas. Ouve o que ela diz: "Tua sorte adormeceu no salão do palácio, deves acordá-la." Vai, Heliodoro, a fortuna te espera no palácio.

Saímos de lá com apenas aquelas palavras pouco claras e com menos quatro moedas de ouro. Preferi não prejulgar a bruxa e não falei de minha descrença a Mirtes. Convidei-a para a cama, festejar a alegria de estarmos vivos.

* * *

O palácio era a minha meta, por todos os caminhos que eu a buscasse. A deusa Fortuna havia dito, e lá estavam os que decidiam os contratos para o Coliseu; lá, mulheres eram alugadas e lá estavam a riqueza e o poder. Consegui mais uma vez, com Lúcio, o pretor, uma audiência no salão imperial. Nesse dia não tinha uma festa e não havia certeza da presença de Nero, mas lá estariam aqueles que decidiam no lugar dele. Eram muitos os comerciantes que desejavam servir a Roma. Eu estava entre eles. Havia, segundo os comentários dos candidatos ao fornecimento de gladiadores, centenas ou talvez milhares de cristãos a serem liquidados. Os fabricantes de cruzes torciam para que a pena por crucificação fosse a privilegiada, mas o espetáculo tinha muita força e o povo se divertia com os fanáticos jogados na arena para enfrentarem combatentes ou feras. Lembrei-me dos tigres na casa de Hipólito e senti um arrepio. Os representantes do imperador recebiam as propostas em filas, e aquela destinada aos que trabalhavam com diversão era grande, mas a minha terrível surpresa foi verificar que o homem que me ouviria para atender a pretensões era Cássio. Justamente ele, o amante de Mirtes, o usurpador de minha concubina, meu bordel e minha bebida. Respirei fundo e pensei que se a deusa me havia mandado ali, um motivo deveria haver. A fila foi andando e chegou a minha vez.

— Estás aqui, Heliodoro — adiantou-se ele, como se fôssemos íntimos. — Não precisas entrar na fila. Farei a reserva do que desejas. Conversamos à noite, lá em teu aconchegante estabelecimento. Bebe uma taça de vinho e fica tranqüilo — disse-me, dando um tapinha em meu braço. Sorri e agradeci, depois saí pelo salão, um pouco tonto com a surpresa. Seria a fortuna um bem entregue por aquele de que eu desejara tantas vezes a morte?

* * *

À noite, cheguei cedo ao prostíbulo. Contei a Mirtes a novidade sobre seu cliente assíduo. Ela achou curiosa a sua postura, mas se pôs linda, como sugeri. Envolta nos finos trajes roubados de Hipólito, ela parecia a rainha das putas! Cássio demorou um pouco, ou nós achamos isso justamente porque o esperávamos. Chegou levemente embriagado e beijou Mirtes com ardor, enfiando a língua em sua boca na minha frente.

— Aguarda-me um pouco, Heliodoro, que converso contigo logo. Antes vou saciar minha volúpia por esta insaciável vulva — disse e saiu, levando minha mulher pela mão.

Meu coração disparou de asco e contrariedade, mas me contive e quis me convencer que aquele era o preço. As horas se arrastaram e mantive a calma consumindo vinho. Finalmente, quando ele saiu e me agarrou pelo braço, para sentarmos junto à piscina, eu estava exasperado.

— Caro Heliodoro, sou o responsável pelo que Roma gasta com sua diversão. Tu és um fornecedor desse tempero tão desejado: o derrame de sêmen e de sangue. As prostitutas e os gladiadores preenchem necessidades vitais! Isso é muito bom! Temos em torno de dois mil cristãos para a diversão geral. Quinhentos cairão pela lâmina, na arena. Podes dar conta de quantos?

A pergunta me surpreendeu. Eram números altos, mas a deusa Fortuna estava certa, do palácio vinha o meu tesouro.

— Todos, Cássio. Terei homens prontos para liquidar todos os cristãos que forem levados ao Coliseu — falei com a voz mais firme que consegui.

— Olha, pensa bem. Não poderás fugir do compromisso assumido!

— Confia em mim.

— Muito bem. Cada prisioneiro abatido renderá quinhentos asses ao fornecedor. Serei teu sócio. Meio a meio. Os custos serão teus. Preciso ir. A primeira turma de oitenta fanáticos será executada no próximo sabadariu — definiu, e como se não houvesse possibilidade de contra-argumentar, levantou-se para partir. Deu-me um abraço rápido.

— Outra coisa. Ninguém mais além de mim põe o pênis na vulva de Mirtes. Podes cuidar disso?

— Posso, Cássio, fique tranqüilo...

— Grato — ele disse, já de costas para mim, e partiu.

* * *

Quando comentei com Mirtes sobre a exigência de seu amante nobre, ela riu. Segundo suas palavras, tal procedimento a conduziria de volta à pureza virginal, uma vez que Cássio dificilmente conseguia uma ereção, e quando o fenômeno ocorria durava apenas instantes. Solicitei que ela não recebesse clientes no horário em que ele costumava chegar. Ela riu novamente, dizendo que faria melhor; daquele dia em diante seria apenas de nós dois... Cássio era venal e isso, por alguma razão, me fez amainar meu ódio outrora visceral por ele. Talvez tenha se apequenado para mim. Não por razões morais, que eu mesmo não tinha como sustentar, mas por sua pouca visão do real, de quem ele era e de quem eu e Mirtes éramos. Bem, no dia seguinte convoquei Volpiano e lhe dei as boas-novas. Precisaríamos de pelo menos dez gladiadores fortes e com vontade matar. Ele não encontrou problemas nessa exigência.

* * *

O circo montado com os cristãos tornou-se um grande negócio naqueles tempos. Logo me tornei, de fato, um comerciante rico. O novo estado de coisas me fez reavaliar cada um de meus empreendimentos. A Casa de Apicula tornou-se uma casa de banhos em que homens da elite romana encontravam os mais belos homens e mulheres da prostituição romana. Cássio tornou-se meu sócio efetivo, trazendo seus pares com seu ouro. Seu insano desejo por exclusividade com Mirtes o levou a exigir que ela ficasse numa casa separada, cuja chave ele mantinha. É claro que eu também tinha cópia e a própria Mirtes recebeu outra, sem que ele soubesse. Ela vivia como uma rainha encarcerada. Apicula passou a ser sua principal acompanhante e eu fui viver quase integralmente em Vila Saltella. Ada administrava com eficiência os vinte escravos e libertos que nos serviam. Promovi festas seletivas nas quais pude conviver mais com Lúcio e seus amigos, Caio e Henrico. Foi num desses encontros, regados com o melhor vinho, que, certa noite, abri meu coração para os três. Confessei-lhes que me sentia modificado com a riqueza, mas me parecia faltar alguma coisa, a sabedoria, provavelmente. Seria ela possível de ser adquirida?

— A sabedoria, provavelmente, não... — falou Caio, pesando muito as palavras... — Mas podes com tua bolsa, comprar um bem semelhante... — continuou. Todos ficaram esperando suas palavras seguintes, e ele deu um gole antes de prosseguir. — Podes aprender retórica.

Henrico deu uma gargalhada. Lúcio apenas sorriu.

— Por favor, Heliodoro, não leves Caio a sério. Certamente o efeito do vinho...

— Sei o que digo — interrompeu Caio ao sarcástico Henrico. — E conheço um excelente professor de retórica. Por algumas moedas de ouro a cada encontro, ele te transformará num senador, pelo menos no modo de falar...

— E eu serei capaz de falar com qualquer um?

— Pelo menos aprenderás a dar uma resposta incontornável.

— Estás sugerindo que nosso amigo se torne um filósofo sofista? — questionou Enrico.

— Não precisará ir tão longe. A elite de Roma pode ser levada com cinqüenta palavras bem escolhidas.

— Tenho minhas dúvidas — rebateu Enrico.

— Quero encontrar o mestre que conheces — adiantei, já decidido.

A idéia não me saiu mais da cabeça.

* * *

O negócio de liquidar os cristãos era a grande fonte de renda e eu o observava de perto, junto com Volpiano. Sempre conseguíamos dar uma espiada no contingente de condenados antes de eles serem levados para a arena, evitando alguma surpresa, como um resistente que pudesse humilhar nossos executores. Eles costumavam receber os golpes orando com o olhar voltado para as nuvens, o que indicava quanto eram fanáticos. Foi numa dessas inspeções, quando entramos na cela do Coliseu onde uns vinte deles aguardavam a morte, que conheci a mais pura expressão de beleza que eu havia encontrado. Sem ter ancas largas, como Mirtes, nem coxas rígidas como Apicula, ela exerceu sobre mim uma atração inédita. Uma cristã de uns

14 anos, destinada a enfrentar cães molossos ou tigres. Aqueles belos e tristes olhos se espantariam diante da morte feroz? Ou sua crença sobrenatural a faria imune ao desespero? Olhei-a, sentada no chão da cela, encarando-nos sem ódio, mas expressando sua incompreensão. Os demais tinham um justificado rancor no olhar, mas ela não. Abaixei-me ao seu lado.

— Como é teu nome?

Ignorou-me, mas me manteve em foco, com a dureza que só a compaixão dos superiores possui. Notei que sua mão agarrava outra, de uma idosa.

— É tua mãe? — Eu quis saber, mas ela continuou me ignorando.

Volpiano, ao lado, observava nosso diálogo, impaciente. E eu me envolvia numa paixão desvairada, porque podia salvar aquela criatura bela e pretensiosa.

— Posso te levar embora. Tenho esse poder — falei. — Como é teu nome? — Repeti.

— Podes salvar minha mãe? — disse, finalmente.

— Posso.

— Então a leva daqui, por favor. Ela só está entre nós por minha causa.

— Levo-a se vieres também. Como é teu nome?

— Genoveva. Mas devo perecer com meus irmãos de fé...

— Não. Posso retirar-te, e a tua mãe, daqui.

— És satanás me tentando?

— Não. Sou um homem tentado pela tua beleza. Mas não posso esperar muito. Tem de ser agora...

Ela baixou a cabeça, calada.

— Meu nome é Heliodoro. Basta que o pronuncies para que eu saiba que aceitas minha proposta.

Esse diálogo se deu em voz baixa, quase sussurrada. Os guardas do Coliseu estavam a poucos passos de nós. Levantei-me.

— Vamos embora. Os homens que aqui estão serão facilmente mortos — falou Volpiano, impaciente.

Olhei novamente para Genoveva e ela estava com a cabeça baixa. Voltei as costas e ao me afastar ouvi sua voz cálida.

Eu carregava sempre dez moedas de ouro numa pequena bolsa, para as urgências.

— Vou levar a menina e a velha — falei para Volpiano.

— Estupidez, Heliodoro. Cristãos são fanáticos.

— Deixa isso comigo.

Fui até os dois guardas que controlavam o cárcere e que me conheciam dali mesmo. Passei o braço sobre seus ombros.

— Amigos, quero levar duas mulheres daqui, para serem sacrificadas em meus treinos. Deixo duas moedas de ouro para cada um e vamos esquecer isso, certo?

Um sorriu imediatamente. O outro se manteve sério.

— Cristãos não podem escapar — disse ele.

— Não escaparão — rebati com voz firme, e estendi as moedas brilhantes.

— Faz isso rápido e sem que nenhum oficial veja — recomendou o mais durão, depois de apertar as moedas entre os dedos.

— Fica tranqüilo.

Convoquei Volpiano a me ajudar. Fomos até as mulheres.

— Fecha os olhos e relaxa o corpo, Genoveva, e pede que tua mãe faça o mesmo. Nós as carregaremos.

Ela falou no ouvido da mãe e logo as duas deitaram no chão, como mortas. Ergui a menina nos braços e Volpiano levou a mulher idosa. Saímos do Coliseu com ambas e as colocamos na carroça. Não era incomum transportar corpos naquelas imediações.

* * *

Caio indicou-me um mestre em retórica. Era um grego chamado Adlós. Apesar de seus conhecimentos, vivia com dificuldade e me recebeu com muita alegria. Eu representava ganho certo para uma tarefa simples. Ensinou-me a ler com atenção e a pensar sobre aquilo que não estava visível. Segundo ele, a retórica exigia raciocínio. Aceitei a incumbência de aprender uma nova palavra por dia. Ele as escrevia num pedaço de pele de cabra e eu, durante outras atividades, aprendia o significado. Em meus encontros com mestre Adlós, aprendi a arte da invenção dos argumentos, a disposição deles quando se fala, a escolha das palavras certas para cada invenção, a memorização quando se vai para um encontro importante e, finalmente, a entonação certa das frases. Ora, está claro que houve uma demora para que um bronco como eu aprendesse um pouquinho, mas fui fazendo progressos.

O período em que me foi apresentada a retórica foi o mesmo em que se desenvolveu minha relação com Genoveva, que era o oposto de qualquer argumentação. Ela cria num único deus, como se todos os outros coubessem dentro de um só. Havia também o seu filho, que, encarnado, perecera na colônia imperial da Judéia. Ela, embora romana, se afeiçoara aos infelizes cristãos com tenacidade. Acomodei-a e a sua mãe entre os escravos de Vila Saltella. Recomendei a Zuário que as tratasse de modo diverso, com cuidados e sem exigência de trabalhos pesados, mas evitando a sua fuga. Apaixonei-me por Genoveva, mas ela resistia aos meus assédios, tentando a minha conversão ao credo fanático. Queria ser levada ao encontro de um Saulo, líder da seita. Informaram-me que ele havia sido executado. Nada contei sobre o fim de seu mentor. Sempre que tentei tocar seus cabelos, sob o arvoredo do pomar, fui repelido. Mas, nesses passeios, ela sempre tentava minha conversão. Uma tarde a surpreendi. Deixei meu cavalo arreado nos limites do laranjal. Não queria testemunhas.

Apanhei-a entre os coletores de frutas e fomos caminhando. Eu a ouvia, até que avistei minha montaria.

— Vamos dar um passeio até o rio — eu disse e ela, de imediato, percebeu a armadilha. Vi o espanto em seu rosto. Agarrei-a pela cintura e a pus sobre o cavalo, depois montei. Seu corpo desejado ficou junto ao meu. Ela se calou durante o percurso. Desmontei à beira d'água e a fiz descer também. Notei que orava baixinho e não me havia dito mais nenhuma palavra.

— Despe-se. Vamos para o banho.

Ela parecia não me ouvir, apenas orava. Arranquei sua túnica num único gesto. Ouviu-se apenas o ruído do pano esgarçado, além do grunhido de corvos na margem oposta. Ela nua era esplêndida. A pele, arrepiada de excitação e medo. Quando minhas mãos tocaram a sua cintura, ela empalideceu. Desembainhei o gládio.

— Ou voltas para casa como minha amante ou ficas aqui, para servir de alimento aos abutres. Há escolha.

Ela permaneceu calada. Apenas seus lábios mexiam-se miúdos, na reza. Pensei nos meus conhecimentos de retórica e tentei aplicá-los.

— Sê honesta, Genoveva. Sabias, quando te salvei, que eu desejava algo em troca. Não sou cristão, como tu. Não realizo nada esperando o reino dos céus — eu disse e ela me olhou. Senti que meu argumento a fazia pensar.

— És o demônio.

— Não, Genoveva. Sou apenas um homem encantado com a tua beleza, que te deseja em sua cama e tem o poder de vida e morte sobre ti.

Abracei-a devagar. Ela tremia muito. Beijei seus cabelos, depois me ajoelhei aos seus pés e lambi suas coxas. Quando enfiei minha língua em sua vulva, desfaleceu em meus braços. Levei-a para a grama próxima ao rio e ela voltou a si subjugada e entregue.

* * *

A posse de Genoveva renovou meu desejo de viver, aprender e possuir. Cheguei, na noite seguinte, à Casa de Apicula e encontrei Lúcio e Caio. Tentavam convencer alguns rapazes a lhes acompanharem a uma festa. Eles resistiam, sabendo que o retorno não seria o mais adequado. Não costumavam ser generosos com os prostitutos por pura carência. Eu estava com ótimo humor e ofereci os dois aos amigos, colocando o pagamento deles na conta da casa. Lúcio ficou tão grato que me convidou a ir à tal festa. Argumentei que o tipo de reunião que ele e seus amigos gostavam não era bem do meu gênero. Ele não se deu por vencido. Era na casa de um dos homens mais sábios de Roma. Um escritor. Eu não poderia faltar. Iriam à casa de Petrônio, o *árbitro da elegância* de Nero. O que era aquilo? Bem, foram explicando a caminho, na biga. Quando chegamos à bela residência, alguns homens conversavam, em pequenos grupos, mas não se parecia nada com um ambiente festivo. Pelo contrário, um clima lúgubre dominava o encontro. Todos falavam baixo, quase sussurrando. Caio procurou informar-se. Eu planejava sumir dali quando ele voltou ao nosso grupo.

— Péssimas notícias. Petrônio está condenado por Nero. Seus dias estão contados. O encontro de hoje é uma espécie de despedida.

— Vou deixá-los, amigos. Sou estranho para um momento tão solene — falei, tentando escapar.

— "Soaram as trombetas e a desgrenhada Discórdia ergueu sua cabeça estígia para os deuses lá em cima." Tais palavras nos fizeram voltar a atenção para o homem que entrava na sala. Ele lia um pergaminho que segurava com as duas mãos.

— É Petrônio — informou Caio.

— "Seu rosto estava banhado de sangue, os olhos inchados nadavam em lágrimas, os dentes metálicos foram corroídos pela ferrugem, a língua escravizada gotejava, as feições ocultas sob rolos de serpentes, o peito contorcido sob uma veste despedaçada, a mão trêmula, segurando uma tocha rubra..." — continuou a ler com voz rouca, mas firme, o tal Petrônio. Todos os grupos se desfizeram e nos dirigimos até ele. Sentou-se numa banqueta ao lado de uma mesa pequena sobre a qual repousavam bacia, toalhas e uma cimitarra.

— "Toma das armas, ó povo, enquanto tem ira no coração" — continuou Petrônio, rodeado dos amigos. Então largou o pergaminho sobre a mesa, empunhou a cimitarra e cortou com ela as veias do pulso da mão esquerda. O sangue tingiu sua toga. Eu quis avançar para impedi-lo, mas Caio me deteve. Ninguém fez qualquer gesto para evitar que ele se mutilasse. Deitou o braço sobre a bacia e o sangue permaneceu se esvaindo.

— "Às armas! Ateai o fogo de vossas tochas à cidade! O covarde perecerá! Que ninguém vacile, mulheres e crianças, e também os velhos, desolados pela idade..." — seguia Petrônio lendo, apesar de seu sangue lentamente tomar a bacia.

Um servo bem jovem, ao lado, foi requisitado com um aceno de cabeça. O rapaz, previamente advertido, amarrou uma faixa de pano no pulso do desvairado escritor.

— Amigos, diverti-vos, quero deixar esta terra entre sorrisos amargos... — falou, pela primeira vez olhando-nos. — Sirvam vinho aos convidados.

Imediatamente os criados fizeram circular as ânforas e quase se esqueceu que a morte estava em curso ali.

— "O mundo pertence à triunfante Roma. O mar, a terra, o firmamento, mas não lhe bastam" — recomeçou a ler o moribundo. — "Africanos amaldiçoam Roma, chineses entregam suas sedas, a Arábia saqueia a si própria por Roma, mas não basta... Tigres arrancados da floresta, inquietos em suas jaulas douradas, fazem a multidão rugir de prazer... Jovens de tenra idade são mutilados pelo aço para servirem à luxúria..."

Petrônio arrancou a faixa que continha o sangue e deixou que mais de sua vida se esvaísse.

— "A loucura pública segue o que quer que tenha som de ouro. O Senado é corrupto e seus favores estão à venda. O poder muda de mão por onde passa o ouro, e sua grandeza dourada jaz podre sobre o pó..."

— O que ele está lendo? — perguntei a Caio.

— Trechos de sua obra, o *Satíricon*.

— "Ademais, o povo afunda no duplo lodaçal da usura e dos débitos devoradores. Não há um lar a salvo, nenhuma alma livre de hipoteca."

O jovem servo novamente amarrou o pulso de Petrônio.

— "A lenta decadência medra em silêncio no coração, e logo se alastra, impiedosa, pelos membros em grande alarido."

A desesperada leitura de Petrônio foi contaminando os seus amigos presentes e uma sinfonia de gemidos, em todos os tons, começou a criar ao fundo uma melodia triste. Ele arrancou a faixa com o braço ferido e apanhou a cimitarra. Cortou fundo o outro pulso. Ergueu a cabeça para o lado, mas manteve a fisionomia extremamente cordata. Sinalizou novamente e o servo sustentou o pergaminho à frente de seus olhos.

— "Os romanos recorrem às armas, desesperados, e procuram agora, nas feridas abertas, os bens que dissiparam na luxúria. Imersa nessa torpeza, nesse sono doente, que remédio poderia despertar Roma se não o terror, a guerra e o aço?"

Os olhos do poeta reviraram um momento, e ele tombaria se não fosse amparado. Levaram-no para uma cama que haviam improvisado para a ocasião. O sangue encharcara sua toga e deixara um rastro pelo chão. Petrônio pediu uma taça de vinho e lhe deram na boca. Confundiram-se a bebida e o sangue e ele desfaleceu.

— Enquanto Petrônio morre, Roma se diverte — gritou alguém em voz de falsete. Ninguém o contestou nem aderiu a sua comemoração. Caio e Lúcio pareciam profundamente comovidos. Saí, sem me despedir.

* * *

Os acontecimentos se precipitaram depois daquele dia ou eu os tomei como um marco em minha vida. Meu envolvimento com Genoveva cresceu e eu a queria como esposa, mas ela condicionava a aceitação à minha conversão ao cristianismo, o que era, mais do que ridículo, perigoso. Mas a situação se tornou mais complicada, porque Cássio descobriu que eu abrigava fugitivos cristãos e se aproveitou para se ver livre de mim. Fui preso juntamente com

Genoveva e sua mãe. Elas foram, rapidamente, jogadas às feras, mas a ação rápida de Mirtes salvou minha vida. Ela distribuiu ouro fartamente entre a guarda de Nero e conseguiu minha libertação. Convoquei Lio, o gladiador, e lhe ofereci uma bolsa de ouro em troca da cabeça de Cássio. Ele a trouxe, realmente, num saco de couro. Acrescentei algumas pedras ao volume e o lancei no Tibre. Mas não se executa impunemente um homem de confiança do imperador. Fui obrigado a fugir de Roma. Levei junto minhas fiéis mulheres. Uma reserva de ouro garantiu nossos primeiros tempos. Vivemos na Córsega há alguns anos, numa pequena casa. Abri um albergue. Enquanto escrevo estas memórias vou recebendo notícias. Os fanáticos cristãos morrem na cruz ou no aço dos gládios sempre que são apanhados, mas continuam a se multiplicar. Não consigo entender por quê. Há noites em que sonho com Genoveva, em outras, com Ada.

Este livro foi composto na tipologia Scala Garamond,
em corpo 10.5/15, e impresso em papel off white 80g/m²
no Sistema Cameron da Divisão Gráfica da Distribuidora Record.